로크미디어가
유혹하는
재미있는 세상

ROK
MEDIA
로크미디어

폐황제가
되었다

폐황제가 되었다 12

2021년 12월 2일 초판 1쇄 인쇄
2021년 12월 7일 초판 1쇄 발행

지은이 송제연
발행인 김정수 강준규

기획 이기헌 왕소현 박경무 강민구
책임편집 오영란
마케팅지원 배진경 임혜솔 송지유 이영선

발행처 (주)로크미디어
출판등록 2003년 3월 24일
주소 서울시 마포구 성암로 330 DMC첨단산업센터 318호
Tel (02)3273-5135 **편집** 070-7863-8596 **Fax** (02)3273-5134
홈페이지 rokmedia.com **E-mail** rokmedia@empas.com

폐황제가 되었다

송제연 판타지 장편소설 ⑫

ROK
MEDIA
로크미디어

Contents

감찰원 감사과

제국 감찰원 감사과 제1팀장 벤은 식당 1층에 마련된 테라스에 앉아 과일 주스를 마시고 있었다.

언뜻 보기엔 한껏 여유를 부리는 것 같지만 눈빛만큼은 매서웠다.

2황도를 찾은 사람들이 거리를 가득 채우고 있었지만 벤의 날카로운 눈썰미는 그것조차 뛰어넘었다.

벤은 오히려 거리에 사람이 넘쳐나는 것이 반가울 정도였다.

오가는 사람들 덕분에 편히 식당 맞은편에 있는 고급 여관 입구를 살필 수 있었기 때문이다.

"여기가 맞아?"

벤의 속삭임에 함께 자리하고 있는 감사과 제2팀장이 일부러 입가에 미소를 띠며 답했다.

"나흘 전에 들어간 걸 확인했다니까."

"벌써 세 번째 허탕이야. 이번엔 확실해야 해."

"나랑 우리 애들이 한 달 반 동안 개고생하면서 찾아낸 거야. 만약 아니면 10골드 내놓는다."

"10골드는 있고?"

"내가 10골드가 어딨어. 그만큼 확신한다는 소리지."

"저기가 아닐 가능성은?"

"없는 10골드를 걸고 내기할 수 있을 만큼."

"그만큼 자신한다면 왜 아직도 조용한지 설명 좀 해 봐라."

벤의 물음에 2팀장은 곧바로 대답했다.

"놈들이 저기 있는 여관으로 짐을 넣는 것이 비정기적이긴 하지만 한 달에 1~2번 정도는 옮겨. 이번 달은 지금까지 움직임이 없었다. 그 말인즉슨 앞으로 사흘 안에 뭔가 움직임이 있을 거란 거지."

벤은 과일 주스로 목을 축였다.

"사흘 안이란 말이지."

"진득하게 기다려 봐라. 너희 1팀이야 확실한 곳만 밀고 들어왔으니까 이렇게 기다리는 것이 답답하겠지만 원래 잠복은 이런 거야."

"과장님 앞에서 그런 소리해 봐라. 이번 건 증거 잡으려다가

헛발 찬 게 다섯 번이야. 안 그래도 얼마 남지 않은 과장님의 머리카락이 전부 날아……."

2팀장이 턱으로 여관을 가리키며 벤의 말을 잘랐다.

"야, 왔다. 저기 봐."

벤은 앉은 자세를 바꾸면서 자연스럽게 시선을 여관 쪽으로 옮겼다.

고급스러운 마차 세 대가 여관 입구에 나란히 섰다.

부유한 누군가 2황도를 찾아온 것처럼 짐을 잔뜩 챙겨 왔다.

벤은 손으로 종업원을 호출했다.

"아이고, 단골께서 또 불러 주셨군요. 사과 주스는 입에 맞으십니까?"

넉살 좋아 보이는 종업원의 물음에 벤이 고개를 끄덕이고 말했다.

"사과가 신선한 모양이야. 이상하게 오늘은 식욕이 돋는 것 같아. 시간이 이르긴 한데, 스테이크가 될까?"

스테이크가 언급되자 종업원의 눈이 반짝거렸다.

"합석하신 분도 같이 드시겠습니까? 오늘 들어온 고기가 아주 실하거든요. 살이 아주 야들야들한 것이 입에 넣으면 사르르 녹습니다. 제가 지금까지 무려 서른 분에게 추천했고 앞으로 100명에게 더 추천해 볼 생각입니다."

2팀장은 크게 웃으며 답했다.

"이 친구 이거 장사할 줄 아는 것 같아. 그렇게 말하면 맛을 봐야 할 것 같잖아. 빨리 내주게."

벤도 거들었다.

"서두르는 것이 좋겠어. 갑자기 배고파졌거든."

종업원이 주문을 받고서 물러난 지 5분 정도 흘렀을 때였다.

벤과 2팀장이 살피던 여관을 100명의 무장 병력이 촘촘하게 에워쌌고 이어서 30명의 사내들이 여관 안으로 진입했다.

"머, 뭐야?"

"이게 무슨 짓입니까!"

여관 종업원들은 당황했고 손님들 역시 무장한 병력의 등장에 당혹감을 감추지 못했다.

그러나 여관에 있던 자들 모두 넋이 나가 있는 것은 아니었다. 종업원 중 누군가는 급히 어디론가 뛰어 들어갔고, 누군가는 창밖으로 몸을 날렸다.

"안으로 뛰어 들어간 놈 잡아! 장부를 못 건드리게 막는 게 우선이야."

"뛰쳐나간 놈은 병사들에게 맡기고 여관에 있는 놈들 먼저 모조리 제압한다. 실시!"

여관 종업원과 손님 중 일부는 소지하고 있던 검으로 저항하기도 했으나 제대로 힘써 보지도 못하고 제압당했다.

벤은 자리에서 일어나 2팀장에게 말했다.

"가 보자. 가서 장부를 확인해야지."

2팀장도 벌떡 몸을 일으켰다.

"엄청 궁금하긴 했어. 폐하께서 부패와의 전쟁을 선포하시고 감찰원까지 만들었는데, 여태껏 꼬리를 감추고 있는 놈들이 누구인지 말이야."

벤은 여관으로 발걸음을 옮기며 물었다.

"넌 어디까지 올라갈 것 같냐?"

"섣불리 예상하긴 힘들지. 예상됐으면 진작 잡았을 거고. 최강의 심문 기술자들이 있는데, 그걸 누가 이겨 내겠어."

"하긴 이젠 예측도 필요 없지. 장부만 확인하면 되니까."

"장부가 없더라도 이번에 잡은 놈들을 심문과로 넘기면 탈탈 털어 주겠지."

벤은 2팀장과 이야기를 나누다 여관에 들어서자 목소리를 가다듬고 소리쳤다.

"2팀은 여관에 있던 자들을 모두 감찰원으로 압송하고 1팀은 남아서 수색에 들어간다. 여관 건물을 모조리 해체한다는 생각으로 작업에 임해라."

폭스성.

본나그 가문과 케인 왕국의 국경을 상징하는 곳으로, 제국이 분열된 시점부터 대규모 병력이 대치하고 있는 전쟁터이기도 하다.

2년이 넘도록 폭스성을 두고 벌어진 크고 작은 전투들은 무려 70차례가 넘었다.

잦은 전투로 인해 사망자와 부상자의 숫자도 벌써 3만이 넘었다.

폭스성 공방전이 얼마나 치열하게 벌어지고 있는지를 잘 보여 주는 수치라 할 수 있었다.

치열한 공방전으로 수많은 이들이 희생되었지만 어찌 된 일인지 사람들은 계속 폭스성으로 모여들었다.

본나그 가문의 주도인 신베센시아보다 폭스성의 인구 증가세가 더욱 높을 정도였다.

이렇게 말한다면 폭스성이 신베센시아보다 살기 좋은 곳이라 여길 수도 있을 것이나 꼭 그런 것은 아니었다.

신베센시아 개발은 정해진 계획에 따라 체계적으로 이루어지고 있었기에 마구잡이로 이주민을 받아들이지 않았다.

이와 달리 폭스성은 전쟁을 치르고 있었기에 이주민에 대한 관리가 소홀할 수밖에 없었다.

전쟁 중에 이주민에 대해서 고민한다는 것 자체가 말이 안 되는 일이었다.

어떤 멍청이가 치열한 전투가 벌어지는 곳으로 이주를 하겠는가.

도리어 폭스성에 살고 있던 백성들이 도망가는 것이 더 자연스러운 일이었다.

그럼에도 불구하고 폭스성으로 들어오는 이주민이 늘어나고, 그에 따른 비약적인 발전이 있었던 것은 일종의 전쟁 특수라 할 수 있었다.

본나그 가문의 가주 올렌도는 폭스성에 보내는 군수품 중 절반을 상인에게 맡기면서 자연스럽게 상업 육성을 꾀했다.

이런 의도는 결과적으로 보면 성공적이었다.

상인들은 자본금이 쌓이자 상단을 조직했고, 군수품 공급 통해 벌어들인 막대한 자금으로 일꾼을 고용해 나가면서 경제적 선순환을 만들어 냈다.

그러나 모든 것이 순조롭게만 흘러갔던 것은 아니다.

군수품 품질이 적정 기준에 미치지 못했고, 불량품을 납품하는 경우가 종종 발생하기도 했으나 긍정적인 효과가 더욱 컸기에 본나그 가문은 정책을 바꾸지 않았다.

폭스성에 주둔하고 있는 본나그군 사령관 페톰.

사령관이라면 보통 전쟁터를 누빌 것이라 여길 것이다.

그러나 사령관 페톰은 지난 1년 동안 집무실에서 벗어나지 못하고 있는 상태였다.

그는 매일같이 온갖 서류와 씨름을 하고 있었다.

오늘도 마찬가지였다.

"경비병은 무슨 경비병이야. 가뜩이나 병력도 부족한 마당에 경비병 육성은 무슨, 관둬!"

소튼은 페톰이 책상 밖으로 밀어낸 종이를 다시 확인하고서 말했다.

"새로 뽑자는 것이 아니고 신병 선발 기준에 못 미치는 자들을 활용하자는 의견인데요."

"폭스성에서 벌어지는 다툼의 대다수가 흥분한 병사들이 사고를 치는 거야. 신병 선발 기준에 못 미치는 것들이 그걸 감당할 수 있을 거라고 생각해?"

"이 건의서의 핵심은 급속도로 늘어나고 있는 이주민들을 통제할 필요성이 있다는 내용입니다. 통제를 위해서는 경비병이 필요합니다."

"그럴 시간이 있으면 병력을 늘리는 것이 좋다니까. 여긴 전쟁터라고."

소튼이 해결책을 내놓았다.

"경비병이 아니라 예비군이라는 개념으로 접근하면 어떻겠습니까?"

"예비군?"

"어차피 전투가 치열해지면 병사들은 물론이고 가용한 자원을 모두 동원해야 하지 않습니까."

"반란군 놈들이 지독하게 나온다면 총동원이 필요하긴 하겠지."

"총동원이 이루어졌을 때를 생각해 보십시오. 신병 선발 기준에 미치지 못한 자들이라도 경비병으로 활동했다면 일반 백성들보다 훨씬 더 쓸모있을 것 아닙니까."

"군사 훈련을 받았다면 확실히 도움이 되긴 하지."

"경비병을 예비군 개념으로 육성하시죠. 평소엔 도시 치안 유지에 투입했다가 전투가 벌어졌을 때에는 본대 후방을 지원하게 하면 되지 않겠습니까."

페톰은 소튼의 의견을 받아들였다.

"좋아. 그렇게 하자고. 그리고 이참에 이주도 막자."

"그럴 필요가 있을까요?"

"인구가 벌써 8만이 넘었다. 성에 배치된 병력까지 합치면 상주 인원이 무려 12만이야. 넌 이게 말이 된다고 생각해?"

"말이 되고 안 되고를 따져서 뭐 하겠습니까. 이주민이 좋다고 찾아와 자리를 잡았는데요. 그리고 사령관님 말씀처럼 이주를 막았다가는 상당히 시끄러워질 겁니다."

"여기에 꿀을 발라 놓은 것도 아니잖아."

"꿀만큼 달콤한 돈이 널려 있긴 하죠. 별다른 기술이 없어도 성벽 보수와 보강 작업만으로 쏠쏠하지 않습니까. 주기적으로 반란군이 쳐들어와 성벽을 무너트려 주니 일거리가 사라질 염려도 없죠."

"돈이 중요하긴 하지. 그런데 여기가 뚫리면 어쩌려고. 돈

좀 벌겠다고 목숨을 걸 필요는 없는 거잖아."

"반란군의 지독한 공세를 2년 넘게 막아 오지 않았습니까. 그래서 그럴 겁니다."

"여태껏 안 뚫렸으니까. 앞으로도 안 뚫린다?"

"그렇게 여기니, 백성들이 몰리는 것이겠죠."

페톰은 자리에서 일어나 창가에 섰다.

불과 1년 전까지만 하더라도 나무로 뒤덮여 있던 곳에 건물들이 들어서 있었다.

처음 폭스성에 발을 들여놓았을 때보다 무려 5배 이상 규모가 커졌다.

'설마 이것도 폐하의 설계인가?'

지나치다 싶을 정도로 거대해지는 폭스성이다.

신베센시아와 연결된 가도까지 건설 중인 것을 감안한다면 폭스성을 단순히 반란군을 막는 방패로만 여기는 것 같지는 않았다.

'그러고 보면 딱 힘에 부칠 때 부사령관이 도착했지.'

부사령관 자반.

황제가 데로트를 피해 코렌스로 넘어온 시절부터 함께하였던 충신이 아니던가. 그리고 근위 기사단 단장 라칸의 친구이자 국방부 장관 알베스의 수제자 중 하나이기도 했다.

딱 그때부터였다.

페톰은 폭스성의 내정을 담당하고 자반이 일선에서 병력을

폐황제가 되었다

지휘하면서 전투에 나섰다.

'어차피 내가 나선다고 부사령관보다 잘할 것 같지도 않고 말이야.'

페톰은 황제의 의도가 궁금해졌다.

폭스성을 키우는 의도가 무엇인지 말이다.

'생각나는 것이 있긴 한데. 정보가 부족해.'

그때 문득 신베센시아에서 올렌도를 돕고 있는 내무부 소속 웬들이라는 자가 떠올랐다.

자반과 함께 황제가 본나그 가문으로 파견한 이였다.

페톰은 자반과 진득하게 이야기를 나눌 필요가 있다고 여겼다.

황제의 명령을 받아서 온 만큼 대충은 아는 것이 있을 것이다.

"부사령관은?"

로아젤, 실카, 티나

소튼이 답했다.

"직접 정찰에 나가셨습니다. 요즘 지도 제작에 열을 올리는 중이시긴 합니다."

"그런 거야 부하들을 시키면 되는 것을, 부사령관씩이나 되는 사람이 그리 나다녀서 좋을 게 없는데 말이야."

"워낙 성실하고 부지런한 분이 아니십니까. 그리고 부사령관께서 적의 지형까지 숙지해 주신 덕분에 아슬아슬한 상황도 무사히 넘겼고요."

"그래서 내가 뭐라 말을 못 하겠어. 내가 사령관으로 있긴 하지만 전투는 부사령관이 책임지고 있잖아. 그런 사람이 저리 위험하게 움직여서 좋을 것이 없는데."

소튼이 페톰의 의견에 동의했다.

"그렇긴 합니다. 폭스성에 사령관님이 없다고 해서 문제가 될 것은 없지만 부사령관님이 안 계신다면 정말 큰일이죠."

"맞는 말이긴 한데, 우리 보급관께서 상당히 기분 나쁘게 말을 하네."

"틀린 말은 아니지 않습니까."

그때였다.

소튼과 농담을 주고받던 도중 페톰의 머릿속에 번개처럼 스쳐 지나가는 것이 있었다.

"잠깐, 아까 부사령관이 지도를 만들고 있다고 했지?"

"지도요? 아! 그거 말씀이시군요. 맞습니다."

"이번에 만든다는 지도 말이야, 케인 가문의 영지 쪽이지?"

소튼에게 답할 기회는 주어지지 않았다.

웬들이 폭스성에 들어섰다는 소식이 페톰과 소튼에게 전해졌기 때문이다.

페톰은 예고 없는 웬들의 방문에 놀라 소튼에게 물었다.

"너 아는 것이라도 있나?"

"저도 연락을 받은 것이 없습니다. 만약 연락이 왔었다면 사령관님께 먼저 말씀드렸겠지요."

"멀쩡한 통신기가 있음에도 알리지 않고 찾아왔다면 그만한 이유가 있겠지. 웬들 경은 어디에 있나?"

웬들의 방문 소식을 전달한 시종이 답했다.

"중앙 성 성문에서 대기 중이십니다."

페톰은 소튼과 함께 웬들을 맞이하러 나섰다.

성문에 도착한 페톰의 눈에 가장 먼저 들어온 것은 커다란 상자를 등에 지고 있는 다섯 대의 수레였다.

"오랜만에 인사드립니다."

두툼한 몸집을 자랑하는 사내가 손수건으로 땀을 닦아 내며 자신을 소개했다.

"내무부 차관 웬들입니다."

로아젤은 황립 예술원 재운영을 앞두고 고민에 휩싸여 있었다.

'이제 와서 고아원 운영 자금을 줄일 수도 없고.'

예술가들로부터 시작된 부패 사건이 수면 위로 드러나면서 예술원은 그야말로 백성들의 따가운 눈총을 받을 수밖에 없었다.

부패 사건이 터지자 예술원에 대한 지원이 중단되는 것은 당연한 수순이었다.

로아젤은 예술원에 들어갈 자금으로 고아원을 확충했고, 1년 사이, 황실 재단에서 운영하는 고아원은 10개로 늘어났다.

로아젤과 함께 자리하고 있는 실카가 말했다.

"예술원 때문에 고민이시라면 이참에 다른 곳으로 넘기는 것이 어떻겠습니까?"

"다른 곳으로 넘기다니요?"

"사실 예술가들의 능력을 판단하기란 대단히 어려운 일입니다. 거기다가 그들이 만든 작품의 가치가 어느 정도인지 파악하는 것도 쉬운 일이 아니고요."

"맞아요. 그래서 예술원 인사를 예술가로 채웠던 거예요. 그런데 그리 엉망으로 일을 할 줄은 몰랐죠."

"제가 보기엔 예술가를 직접 지원해 주기보다는 예술가들이 만든 작품을 구매해 주는 것이 좋을 것 같습니다."

"그걸로 될까요?"

"제가 보기엔 예술원의 지원은 지나친 감이 있었습니다. 의식주를 해결해 주는 것을 넘어서 작품 제작 지원이라는 명목으로 상당한 돈이 지급되었습니다. 비리를 저지른 자들이 문제이긴 하지만 그런 돈이 별다른 제약 없이 오간다는 것을 알게 된다면 욕심이 생기기 마련이죠."

로아젤은 한숨을 내뱉으며 말했다.

"예술원의 비리 중 일정 부분은 내 탓이나 마찬가지군요. 예술가를 지원해 줘야 한다는 생각에 마구잡이로 일을 벌인 바람에……."

"그것을 어찌 황후님의 탓이라 할 수 있겠습니까. 예술가들이 욕심을 부리지 않았다면 그것만큼 좋은 지원책은 없었을 겁니다. 문제가 된다면 그것을 악용한 자들이지요.”

로아젤은 생각이 깊어지자 무의식적으로 볼록 나온 배를 쓰다듬었다.

이야기를 나누고 있는 두 여인 모두 임신한 상태였다.

포말 가문의 가주이자 북부 지역의 맹주인 실카가 황궁에 머물며 황후 로아젤과 함께하고 있는 이유는 모두 임신 때문이라 할 수 있었다.

놀랍게도 둘은 비슷한 시기에 임신했다.

다른 점이 있다면 로아젤의 경우엔 임신 초기부터 알아챘다는 것이고 실카의 경우엔 늦게 알게 되었다는 것이다.

실카는 포말 가문의 가주인 만큼 하루에 처리하는 업무량이 어마어마했다.

정신없이 일하던 실카는 어느 날 쓰러져 버렸다.

처음엔 과로라 생각했으나 포말 가문의 치료사들은 의외의 진단을 내렸다.

아이를 가졌다는 것.

당연히 기네스는 화들짝 놀랐고 실카에게 절대 안정을 주문했다.

임신한 몸으로 무리를 하다 쓰러졌는데 어찌 걱정되지 않을 수 있겠는가.

하지만 포말 가문의 주인으로서 마냥 손 놓고 휴식을 취할 수는 없었다.

실카는 몸이 회복되자 슬슬 업무 복귀를 시도했다.

이에 기네스가 결사반대를 외쳤고 치료사들도 휴식으로 권유했지만 실카는 영지 일을 손에서 놓을 수가 없었다.

그렇게 실카가 서서히 업무량이 늘려 나갈 때였다.

황도로 오라는 황제의 명령이 떨어졌다.

무슨 일인가 싶었지만 황제의 명령을 거부할 수 없었기에 실카는 공간 이동 마법진을 통해 황도에 도착했다.

실카는 황궁에서 황제를 만난 후에야 사정을 알게 되었다.

남편이 황제에게 부탁해 강제로 휴식을 가지게 만든 것이었다.

실카는 로아젤의 얼굴이 어두워진 것을 확인하고서는 위로에 나섰다.

"황후님, 예술원 일이 안타깝긴 하지만 덕분에 고아원 운영은 숨통이 트이지 않았습니까."

고아원이 언급되자 로아젤의 얼굴이 밝아졌다.

"그렇긴 해요."

"이참에 예술원을 정리하시고 고아원에 집중하시는 것도 좋을 것 같습니다."

"무고한 예술가들이 공연한 피해를 당하는 것 같아서 걱정이에요."

"차라리 교육부와 논의해 예술 학교를 만드시죠. 예술원 비리 사건에서도 알 수 있듯 가짜 예술가들도 상당수 있습니다.

가짜 예술가들이 결국 비리를 저지른 것이니까요."

"체계적으로 예술가를 육성하자는 것이군요."

"시간이 걸리더라도 그게 좋을 것 같습니다."

두 사람만의 회의였지만 로아젤은 황실 재단을 통해 막대한 자금을 운용해 보았고 예술원 비리 사건을 통해 현실이 어떠한지를 깨달았다.

실카의 경우는 북부의 대영주였던 만큼 실무에 밝았다.

당연히 두 사람의 이야기는 구체적이고 현실적이었다.

"좋아요. 백작 덕분에 좋은 계획서가 나올 것 같아요. 빨리 초안을 만들어 봐야겠어요."

로아젤이 연필을 손에 쥐자 실카가 걱정스럽게 바라보았다.

"너무 무리하시는 것 같습니다. 오늘은 쉬시고 내일 하시는 것이 어떨까요?"

"힘들기로 따진다면 저보다 백작이 더하지 않나요."

로아젤이 장난스러운 눈웃음과 함께 내뱉은 말에 실카가 고개를 갸웃거렸다.

"아직 이렇다 할 통증은 없습니다."

"그게 아니라 요즘 잠자리가 늦어진다고 들었거든요. 저녁마다 통신기를 붙들고 부군과 애틋한 이야기를 나누시느라 말이에요."

실카의 얼굴이 화끈 달아올랐다.

"그, 그걸 어찌……."

"이미 소문이 파다한걸요. 두 분의 달콤한 속삭임이 궁인들 사이에서 얼마나 유명한데요. 작년에 황궁에서 있었던 백작의 결혼식이 절정이었죠. 최근엔 백작의 사랑 이야기를 기반으로 한 소설이 나와 크게 유행 중이라고 하던데요."

로아젤의 말처럼 요즘 제국에서는 연애 소설 하나가 큰 유행이었다.

제국 사교계에서 포말 가문의 가주 이야기는 그야말로 핫했다.

귀족 영애들의 상당수가 실카를 우상으로 여겼다.

여자로서 처음 정식으로 백작 작위를 받았음은 물론이고 거대한 영지를 다스리고 있는 대영주가 되었으니까.

거기에 자신이 원하는 상대와 결혼까지 했다.

지금까지 제국에 없었던 새로운 여성이 출현하자 귀족 영애는 물론이고 귀부인들까지 열광했다.

"음……."

"특히 백작에 대한 지지가 엄청나다고 들었어요. 선물도 보내 주고 특히 열렬한 편지까지."

'편지'라는 단어에 실카의 표정으로 잔뜩 일그러졌다.

로아젤의 언급처럼 수많은 귀족 영애와 귀부인들이 실카를 만나고자 황궁을 찾았다.

임신 중이라 안정이 필요하다는 이유로 돌려보냈지만 그들이 건넨 선물과 편지는 실카에게 전달되었다.

실카에게 있어서 선물은 그다지 관심의 대상이 아니었다.

원하는 것이 있다면 언제든 구할 수 있으니 말이다.

다만 편지는 호기심이 생겨 살펴보았다.

편지를 확인한 실카는 식겁할 수밖에 없었다.

마치 사랑하는 님에게 보내는 절절한 연애편지와 같았기 때문이다.

그 편지들을 생각하면 등골이 서늘해졌다.

실카는 기억하고 싶지 않은 기억을 떠오르게 만든 로아젤에게 복수를 실행했다.

"폐하와 황후님의 사랑 이야기도 만만치 않죠. 특히 폐하께서 황후님을 위해 만드신 새로운 드레스와 구두가 유명하죠. 거기에 황후님께서 발목을 다치셨을 때, 폐하께서 친히 품에 안고 뛰어가시던 모습을 그린 그림은 여전히 불티나게 팔리고 있다고 하던데요?"

새로운 형태의 드레스와 구두는 로아젤에게 그리 큰 타격이 아니었다.

문제라면 그림이다.

발목을 다쳤을 때 황제가 자신을 안고 뛰어간 것은 분명한 사실이다.

워낙 인상 깊었기에 로아젤은 당시의 모습을 예술가에게 그림으로 부탁했다.

개인적으로 소장할 생각이었다.

그러나 그림에 대한 소문이 퍼지면서 수많은 아류작이 나오기 시작했고 이 또한 영애들과 귀부인들에게 선풍적인 인기를 끌었다.

로아젤은 실카의 말을 받아칠 준비를 했다가 급히 생각을 바꾸었다.

따가운 시선을 느낀 것이다.

"이쯤에서 그만두는 것이 좋을 것 같네요."

실카는 로아젤의 휴전 요청을 순순히 받아들일 생각이 없었다.

"글쎄요. 저는 아직 하고 싶은 말이……."

"백작!"

실카는 급히 입을 다물었다.

로아젤의 눈빛이 오른쪽을 가리키고 있다는 것을 확인하는 순간 머리 속을 스쳐 지나가는 것이 있었다.

'아!'

지금 이 자리에 둘만 있는 것이 아니라는 걸 깨달았다.

실카는 마른침을 삼키고 고개를 돌렸다.

그녀의 시선이 닿은 곳엔 티나가 있었다.

"두 분께서는 공적인 일과 사적인 일을 구분해 말하는 법을 배우셔야 할 것 같습니다."

티나의 지적에 둘은 할 말이 없었다.

"궁인들을 급히 내보내긴 했지만 두 분의 목소리가 점점 커지는 바람에 밖에서도 전부 들었을 테지요. 이미 지겹게 들으셨겠지만, 이 말을 또 할 수밖에 없겠네요. 두 분 모두 체통을 지켜 주셔야 합니다."

로아젤과 실카가 동시에 답했다.

"주의할게요."

"앞으로 조심하겠습니다."

티나는 둘의 대답을 듣고서 자리에서 일어났다.

"아까 두 분께서 말씀하신 예술 학교에 대해서 대략 정리해 보았습니다. 일종의 계획서 초안이라 할 수 있으니 한번 살펴봐 주십시오."

로아젤과 실카는 티나가 건넨 예술 학교 계획서 초안을 확인하고서 혀를 내두를 수밖에 없었다.

말이 초안이지 당장 궁부에 제출해도 부족하지 않을 정도로 완성도가 높았다.

'그새 이렇게 정리했다고?'

'말도 안 돼!'

의도된 반발

익스는 궁부 회의에 참석한 총리와 장관을 바라보았다.

평소라면 회의가 진행되는 와중에 재치있는 농담을 주고받거나 장난스럽게 트집을 잡으며 화기애애한 분위기를 연출했을 것이다.

그러나 오늘은 달랐다.

제국 최고 의결 회의라는 명성에 걸맞게 긴장감으로 가득했다.

평소와 다른 분위기를 만든 주인공은 총리 질링엄이었다.

질링엄은 당장이라도 잡아먹을 것 같은 눈빛으로 유벤을 노려보았다.

평생 전쟁터를 누빈 제국 최고의 기사였던 만큼 질링엄의 눈빛은 아무리 유벤이라도 이겨 내기 어려웠던 모양이다.

익스는 흠칫 몸을 떠는 유벤을 확인할 수 있었다.

'끼어들어야겠군.'

질링엄의 반응이 과하긴 했으나 이해하지 못할 것은 아니었다.

그만큼 유벤이 발표한 남부 지역 탈환 작전은 그만큼 파격적이었기 때문이다.

"총리가 보기엔 어떤가?"

질링엄은 익스의 물음에 마지못해 유벤에게서 시선을 거두고 도리어 되물었다.

"저 아이의 짓입니까?"

익스는 질링엄이 어느 지점에서 화가 났는지 알고 있었다.

애초에 이번 작전을 수립할 때부터 적지 않은 반대에 부딪혔으니 말이다.

특히 멕신과 알베스의 반대가 심했다.

그나마 유벤이 익스를 강력히 지지해서 남부 지역 탈환 작전을 완성시킬 수 있었다.

"이번 탈환 작전의 뼈대는 짐이 직접 세운 것이네."

익스의 대답에 질링엄이 거칠게 고개를 돌려 유벤에게 소리쳤다.

"너는 도대체 뭘 하고 있었던 것이냐! 어떻게든 폐하를 설득했었어야지."

폐황제가
되었다

맹수의 포효를 연상케 하는 질링엄의 호통에도 유벤은 지지 않고 답했다.

"폐하께서 나서 주신다면 토벌전이 수월해지는 것은 분명한 사실입니다. 아군의 피해도 최소화할 수 있는 작전을 어찌 포기한단 말입니까!"

"지금 그걸 말이라고 하는 것인가!"

"아군 피해를 줄일 수 있는 작전을 두고 어찌 총리께서 그리 말씀하시는지 저로서는 이해할 수가 없습니다."

"폐하를 미끼로 쓰는 것이 어찌 신하로서 할 짓이란 말인가. 그따위 방법밖에 생각하지 못하는 것이 어디서 장관이랍시고 나선단 말인가!"

익스가 끼어들어 질링엄을 진정시켰다.

"그만하지. 짐이 허락한 일이야."

"폐하, 재고하셔야 합니다. 어찌……."

"자네의 걱정이 무엇인지 알고 있네. 하지만 다른 곳은 몰라도 남부 지역은 짐이 나서야 해."

"어찌 소신이 그것을 모르겠습니까. 죄악의 돌 사건으로 민심이 어수선한 남부 지역인 만큼 폐하께서 친히 토벌군을 이끄신다면 그것만으로도 전략적 유리함을 얻을 수 있다는 것을 알고 있습니다. 다만!"

"짐이 미끼가 된다는 것이 문제라는 건가?"

"폐하, 이는 결코 간단한 문제가 아닙니다."

"짐이 이리 나선 것이 어디 한두 번인가."

"과거와는 경우가 다릅니다. 폐하께서 그리 움직이신다면 많은 이들이 우려를 나타낼 것입니다."

"미끼라곤 하지만 전쟁이 시작되면 짐은 보급기지인 메슈럼에 머물 것이네."

질링엄이 자리에서 벌떡 일어나 유벤이 사용했던 지도 앞에 섰다.

"폐하께서 말씀하신 메슈럼은 전진기지로서는 좋지만 보급기지가 되기엔 남부 지역과 너무 가깝습니다. 즉, 폐하께서 머무시기에 너무 위험한 곳입니다."

익스는 유벤에게 손짓했다.

자신을 대신해서 질링엄을 설득하라는 뜻이었다.

유벤이 손으로 세국과 남부 신성국 접경 지역(서부 지역과 남부 지역의 접경 지역)을 짚고서 말했다.

"현재 광신도들이 장악한 남부 지역 곳곳에서 백성들의 저항이 크게 일어나고 있습니다. 그 저항군 중에서 가장 규모가 큰 곳이 바로 제국과의 접경 지역입니다. 이들은 예전부터 토벌군을 기다리고 있었던 만큼 토벌군이 들어선다면 곧바로 합류하게 될 것입니다. 그렇게 된다면 그들이 점유하고 있는……."

질링엄이 주먹으로 벽에 걸린 지도를 치며 말했다.

"저항군이 점유한 곳을 전진기지로 삼으면 메슈럼은 자연스럽게 후방이 되면서 안전해진다고 말하려는 것이겠지."

"바로 보셨습니다. 그뿐만 아니라 광신도들을 토벌할 핵심 전력이라 할 수 있는 저항군의 도움을 받으면 곧바로 일링 가문의 영지까지 진출할 수 있습니다. 일링 가문의 영지를 뚫어 낸다면 오틀라스까지 길이 트입니다."

"자네 말대로만 된다면 그렇겠지. 하지만 적들은 바보가 아닐세. 토벌군이 움직이면 광신도 놈들이 가만히 지켜만 보고 있겠는가? 당연히 저항군이 방해될 것이라고 여기고 대대적인 소탕에 나서겠지."

"그렇다 할지라도 아군에게 유리합니다. 저항군과의 싸움으로서 전력이 깎아 먹을 테니까요."

"일링 가문의 기마대를 알고 있나?"

"제가 바로 남부 지역 출신입니다. 어찌 일링 가문의 기마대를 모를 수 있겠습니까."

"일링 가문의 기마대를 알고 있다면 그자들이 메슈럼으로 곧장 돌격할 가능성에 대해서 알고 있어야지."

"기마대만으로는 메슈럼을 공략할 수 없습니다."

단호한 유벤의 답변을 질링엄이 매섭게 공격했다.

"그 기마대가 트로비치의 병력과 합쳐지면 어떻게 할 생각이지?"

일링 가문의 기마대와 뛰어난 보병을 육성한 트로비치의 조합은 확실히 부담스러웠지만 현실적으로 일어날 수 없는 일이었다.

유벤이 보기엔 말이다.

"이번 남부 지역 토벌은 명분이 확실한 만큼 트로비치로서도 함부로 나서기 어렵습니다. 광신도에 대한 적대감은 반란군이 장악한 지역 내에서도 엄청난 수준입니다. 이런 상황에서 광신도를 토벌하는 제국을 방해한다면 민심이 요동칠 수밖에 없습니다. 트로비치에서 이를 무시하고 나서기는 많이 어려울 겁니다."

죄악의 돌이 무엇이고 어떻게 만들어지는지 밝혀진 지도 1년이 지났다.

많은 논란이 있기는 했으나 증인(성기사)과 증거(죄악의 돌)가 확보된 상태였기에 믿기 어렵더라도 받아들일 수밖에 없었다.

그러나 교황으로 선출된 젤론은 이에 강력히 반발하며 통합 교단을 악마에게 홀린 이단이라 선포했다.

그들의 조치는 여기서 끝나지 않았다.

통합 교단을 감싸는 황제 또한 악마와 결탁했다고 주장하며 동료라 할 수 있는 육왕국에게 성전에 나설 것을 촉구했다.

육왕국으로서는 난감한 상황이었다.

증거가 너무도 명확했기에 마냥 편들어 줄 수 없었다.

육왕국은 고심 끝에 남부 신성국에 조사단 파견을 제안했다.

직접 조사해 보겠다는 뜻이었으나 교황은 내정 간섭이라며 단호히 거부해 버렸다.

제국도 아니고 동맹의 조사를 거부하자 통합 교단의 발표가 사실이라 받아들여진 것이다.

결국 남부 신성국은 외교적으로 고립될 수밖에 없었고, 죄악의 돌에 대해서 알려지자 내부적으로도 조사하려는 자들이 생겨났다.

사대 교단을 장악하고 있는 교황과 그 지지자들은 이를 두고 보지 않고 강력히 막아섰다.

이 과정에서 수많은 이들이 희생되면서 저항군이 조직되었고, 이들은 통합 교단이 죄악의 돌이 만들어지는 곳으로 지목한 수도관(기도실)을 습격했다.

저항군은 수도관에서 벌어진 끔찍한 일들을 백성들에게 알렸고 이는 자연스럽게 제국 전체로 퍼져 나갔다.

죄악의 돌 1개를 만들기 위해서는 아이가 최소 50명, 어른이라면 200명이나 희생되어야 했다.

적지 않은 인원이었던 만큼 사대 교단은 온갖 방법을 동원하여 재료를 조달하기 위해 마을 전체를 이단이라는 누명을 씌웠고, 납치도 서슴지 않았다.

이러한 소식은 대륙 전체로 퍼져 나갔고, 누구랄 것 없이 크게 분노하며 신성국을 향해 비난과 저주를 퍼부었다.

마법사를 향했던 거부감이 순식간에 신성국과 사대 교단으로 옮겨 간 것이다.

유벤이 트로비치가 함부로 움직일 수 없을 거라 주장한 것은 이러한 배경 때문이었다.

그러나 질링엄은 유벤의 주장에 반박했다.

"정말 민심을 걱정하는 자들이었다면 반란을 일으키지도 않았겠지. 트로비치 놈들은 폐하께서 메슈럼에 있다는 소식을 듣자마자 무조건 병력부터 움직일 것이라고 장담하지."

유벤이 이를 악물고 말했다.

"트로비치가 막무가내로 움직일 것을 대비해 따로 조치를 취해 놓았습니다."

"밀무역으로 연결된 영주들을 이용해서 트로비치의 발목을 잡아 보겠다는 같은데, 자넨 아직도 계산이 안 되는 모양이군. 반란군인 트로비치의 입장에선 폐하를 사로잡거나 또는 심대한 위해를 가할 수 있다면 무엇을 내준다고 해도 남는 장사야. 그걸 아직도 모르겠나?"

익스는 질링엄을 묘하게 바라보았다.

'뭔가 이상한데.'

익스는 궁부 회의를 마무리 지었다.

총리인 질링엄의 강력한 반발로 인하여 남부 지역 탈환 작전 인가를 뒤로 미룬 것이다.

익스는 궁부 회의를 파하고서 곧바로 질링엄을 집무실로 불러들였다.

"왜 그렇게까지 한 건가?"

질링엄이 눈웃음을 지으며 답했다.

"눈치채셨군요."

"당연하지. 자네가 이번 남부 지역 탈환 작전을 계획하는 데 참여한 것은 아니지만 총리실로 들어가는 정보만으로도 우리가 어떤 작전을 짰는지 정도는 얼마든지 유추할 수 있었을 테니까. 아까처럼 강력히 반대할 생각이었다면 진작에 짐을 찾아왔겠지."

"어찌 파편처럼 작은 정보만으로 탈환 작전을 모두 유추할 수 있겠습니까. 폐하께서 소신을 너무 높게 평가해 주시는 것 같습니다."

"높게 평가하는 것이 아니라 있는 그대로 평가하는 것일세. 자네를 총리 자리에 앉힌 것도 그런 이유니까. 만약 짐의 예상이 틀렸다면 크게 실망하겠지."

"여기서 몰랐다고 답한다면 소신을 무능하다고 여기시겠군요."

"당연하지. 자네의 대답 여하에 따라서 당장 총리 자리에서 내쫓을 수도 있어."

질링엄이 웃음을 터트렸다.

"하하하, 폐하의 말씀처럼 이미 탈환 작전에 대해 어느 정도 짐작하고 있었습니다. 총리실로 모이는 정보가 파편처럼 조각난 상태이긴 하지만 시간을 두고 천천히 짜 맞추면 누구나 그림을 완성시킬 수 있지요."

"그래서 더 이해가 안 돼. 자네가 지금까지 별다른 지적 없이 지켜보았다는 것은 탈환 작전을 긍정적으로 보았다는 것이 아닌가."

"맞습니다. 이번에 세워진 남부 지역 탈환 작전은 훌륭하다고 평가할 수 있습니다."

"그런데 어째서 그리 반발한 것인가?"

"정보부 장관 때문입니다."

질링엄의 대답은 익스에게 뜬금없는 것이었다.

"유벤 때문이라니, 그 녀석이 왜?"

"이번 작전은 아까 말씀드렸다시피 훌륭합니다. 폐하를 앞에 내세움으로써 적들의 시선을 빼앗은 후에 후방을 노린다면 크게 승리할 수밖에 없지요. 더구나 지금 광신도 세력이 혼란에 빠진 것을 감안한다면 예상보다 더 빨리 남부 지역을 탈환할 수 있을 겁니다."

"짐도 같은 생각이야. 후방에 대군이 나타난다면 기절할 만큼 놀라겠지."

"맞습니다. 적들은 폐하가 계긴 곳으로 병력을 집중시킬 수밖에 없겠지요. 폐하와 함께하는 병력이 주력이라 여길 것이니까요."

"후방에 있는 아군은 그야말로 화끈한 빈집털이를 하게 되겠지. 빠르게 해안가를 점령하고 내륙 쪽으로 올라서게 될 거야."

폐황제가
되었다

"적은 그렇게 앞뒤로 포위당하겠지요. 그야말로 기가 막힌 작전이 아닐 수 없습니다. 다만 정보부 장관은 작전 수립 과정에서 중요한 점을 놓쳐 버렸습니다."

"그게 뭔가?"

절호의 기회

"정보부 장관의 실책은 적의 심중은 정확히 파악했음에도 아군의 심중에 대해서는 소홀했다는 것입니다."

"아군의 심정?"

"이번 탈환 작전을 핵심은 1명을 위기에 몰아넣음으로써 적에게 심대한 타격을 주는 것이지요. 대단히 효율적이라 할 수 있을 것입니다. 하지만 하필이면 위기에 노출된 1명이……."

익스가 질링엄의 말을 가로챘다.

"미끼가 짐이라는 게 문제라는 것이군."

"그러하옵니다."

"솔직히 짐은 이해가 되지 않아. 데로트 토벌 과정에서도 짐은 미끼를 자처하지 않았나."

"궁부 회의에서 말씀드렸다시피 그때와 지금은 상황이 다릅니다."

"뭐가 다르다는 거지?"

"궁부도 마찬가지겠지만 군부가 가진 폐하에 대한 충성심은 가히 종교와 같습니다. 백성들 또한 크게 다르지 않지요. 그리고 데로트 토벌 이후에 새로운 세력이 제국에 합류하였습니다."

"모리스파와 동서 연합파를 말하는 건가?"

"소신을 비롯하여 모리스파로 분류되는 자들은 동서 연합파처럼 항장과 항신은 아닐 것이나 같은 처지에 놓여 있다고 할 수 있습니다."

익스는 질링엄이 말하고자 하는 것이 무엇인지 눈치챘다.

"증명이군."

"맞습니다. 소신들은 폐하에 대한 충성심을 끊임없이 증명해야 합니다. 이런 상황에서 폐하를 위기에 노출시키는 작전을 세웠다면 새롭게 합류한 신하들은 어떠한 반응을 보일 것이라 생각하십니까?"

"충성심이라……."

"오로지 충성심 때문에 반발한다는 것이 아닙니다. 만약 광신도들의 세력이 제국을 압도한다면 반전을 꾀하기 위해 폐하께서 미끼로 나서야만 한다는 최소한의 명분이 생길 것입니다. 하지만!"

"아군이 압도적으로 유리하지."

"메슈럼에 주둔 중인 토벌군에게 약간의 지원만 해 주시더라도 광신도들을 물리치기엔 충분하지요."

"대신 그렇게 한다면 아군의 피해가 커지겠지."

"그나마 내세울 수 있는 명분이 아군의 피해를 줄이겠다는 것이지만 군부와 백성들은 납득하기 어려울 것입니다."

"사람의 목숨이 달린 일인데."

"안타까운 일이지만 사람의 목숨에 차이가 있습니다. 일반 병사와 일선 지휘관 중에서 누군가 죽어야 한다면 누가 죽어야 하겠습니까?"

"병사일 테지."

"폐하, 폐하께서는 군부뿐만 아니라 백성 모두에게 있어서 단순한 1명이 아닙니다. 폐하는 현재 제국 그 자체이지요. 제국 그 자체를 군이 위기로 몰아넣어야 한다면 그에 합당한 명분과 의미가 있어야 한다는 것입니다."

"부담스러운 말이군."

"이렇게 된 것은 폐하의 탓이기도 합니다."

"이젠 화살이 짐에게 날아오는 것인가."

"폐하께서 제국 그 자체라 말씀 올린 것은 황가의 직계는 물론이고 방계까지 맥이 끊어졌기 때문입니다. 소신이 이번 기회를 빌려 냉정히 아뢰겠습니다. 지금 당장 폐하께서 승하하신다면 제국은 어찌 되겠는지요?"

황가의 후손이라고는 익스가 자신이 유일했다.

황후가 임신한 상태이긴 하지만 당장 황제가 죽는다면 애써 재건한 제국이 혼란에 빠질 수밖에 없었다.

독립을 주장하는 반란군들에게는 쌍수를 들고 환영할 일이기도 했다.

"짐이 제국 그 자체라고 했던 것은 이런 의미였군."

"그러니 하루빨리 황비를 들이셔야 합니다."

익스는 난감한 표정으로 말했다.

"그걸 또 그렇게 연결해 버리나."

황비에 대한 논의가 본격적으로 시작된 것은 결혼식을 통해 로아젤이 정식으로 황후로 인정받은 뒤부터였다.

궁부의 장관들이 돌아가면서 황비를 들일 것을 요청했다.

"더는 미룰 수가 없습니다. 황실을 번창시키는 것도 폐하께서 반드시 하셔야 할 일입니다."

"수십 개의 초상화를 가져다 놓고 고르라고 한다면 어찌 쉽게 선택할 수 있겠나."

익스는 상품을 고르는 것 같아서 거부감이 든다는 의미로 말한 것이지만 질링엄은 달리 해석해 버렸다.

"하긴 초상화를 그릴 적에 상당히 왜곡시키는 경우가 있긴 하지요. 그렇다면 날을 잡아 파티를 열어 폐하께서 직접 확인해 보시는 것이 어떻겠습니까?"

제국의 법도에 따르면 황후 후보 중에서 황후가 되지 못한 여인을 황비로 삼는다.

만약 익스가 정상적인 방법으로 황후를 선택했다면 1명의 황후와 4명의 황비가 있어야 했다. 제국에서 황후를 간택할 때, 최종 후보를 5인으로 두기 때문이다.

그러나 익스는 이런 법도를 무시하고 대뜸 로아젤을 황후로 선택해 버렸다.

이로 인해 당연히 있어야 할 황비가 없는 상태였다.

하다못해 황실의 어른이 있었다면 그들이 나서서 황비를 들이도록 했을 것이지만 에소니아라는 성을 쓰는 자는 제국에서 익스가 유일했다.

황비를 들이도록 설득할 황실 인사가 없는 만큼 결국 신하들이 나서는 상황이 만들어진 것이다.

익스는 끈질기게 물고 늘어지는 질링엄을 향해 손을 저었다.

"파티라니, 전쟁을 앞두고 무슨 파티를 한단 말인가."

"전쟁 전에 사기 진작을 위한 파티는 흔히 있는 법입니다."

"됐네, 됐어. 황비는 광신도 놈들을 처리하고 나서 논의하세."

트로비치와 케인 왕국의 접경지대.

란돌 국왕은 뒷짐을 풀고 트로비치의 국왕 롭슨에게 손을 내밀었다.

롭슨은 란돌의 손을 잡고 반가움을 나타냈다.

"오랜만이오."

란돌도 얼굴에 미소를 띠며 말했다.

"갑작스러운 연락에도 흔쾌히 나와 주어서 고맙습니다."

"란돌 국왕의 연락이라면 언제나 환영이오."

"일단 앉으시지요. 서서 하기에는 긴 이야기가 될 것 같습니다."

롭슨은 란돌이 준비해 놓은 의자에 앉았다.

시종들이 재빨리 다과를 탁자에 올리고 물러났다.

"마음 같아선 느긋하게 우스갯소리라도 나누고 싶지만 그럴 상황이 아니라는 것이 안타깝소."

란돌은 고개를 끄덕이며 동의했다.

"그런 여유를 하루라도 빨리 즐기기 위해서 이렇게 바삐 움직이는 것이 아니겠습니까."

"맞는 말이오. 독립을 확고히 할 때까지는 바삐 움직일 수밖에 없는 처지이니까. 일단 무슨 연유로 나를 초대한 것인지 궁금하오."

"제국이 신성국 정벌에 나섰다는 것을 알고 계실 겁니다."

신성국이 언급되자 롭슨의 얼굴이 잔뜩 일그러졌다.

"그놈의 신성국 때문에 우리 처지가 묘해지지 않았소. 도대체 트라오 국왕은 무슨 생각을 하고 있단 말이오."

"그자 역시 광신도와 다를 바가 없다고 봐야겠지요. 하늘 신에 대한 믿음이 신실하다는 것은 알고 있었지만 그런 끔찍한 일에 동참했으리라 누가 예상할 수 있었겠습니까."

"그런 일을 저지를 생각이라면 제대로 숨기기나 할 것이지. 신성국이 그 난리가 나면서 요즘 앙그사와 벤포드 쪽에서 약속을 지키지 않고 있소."

칠왕국이라 불리는 독립 세력 중에서 제국과 직접 부딪히고 있는 곳은 케인, 트로비치, 신성국이었다.

나머지 4개 왕국은 앞에서 말한 3개 왕국 덕분에 제국의 위협으로부터 자유로웠다.

칠왕국 성립 당시에 각국 국왕들이 모여 협정을 맺었다.

제국과 맞서 싸우게 될 케인, 트로비치, 신성국을 4개 왕국이 지원할 것이라고 말이다.

제국과 국격을 맞대고 있는 3개 왕국이 지금까지 전쟁을 유지해 나갈 수 있었던 것은 후방의 4개 왕국이 적극적으로 지원한 덕분이었다.

"트로비치도 마찬가지였군요."

란돌의 말에 롭슨이 주먹으로 의자에 있는 팔걸이를 내리쳤다.

"슬리에와 리발튼도 발을 빼려고 하는 것이오?"

"지원의 규모가 이전의 절반에 미치지 않는 수준입니다."

"거긴 그래도 양심은 있는 것 같소. 앙그사와 벤포드 놈들은 아예 모르쇠로 일관하고 있소."

란돌이 깜짝 놀라 물었다.

"지원하지 않았다는 말씀입니까?"

롭슨이 이를 갈았다.

"이런저런 이유를 들어 지원을 거부하고 있소. 거기에 요즘 앙그사와 벤포드가 함께 병력을 대거 어디론가 이동시켰소."

"설마!"

"아무래도 신성국을 노리고 있는 것으로 보이오."

사실 롭슨도 기회만 된다면 신성국을 공격해 점령하고 싶은 마음이 굴뚝같았다.

'여유가 없어, 여유가!'

앙그사와 벤포드가 약속대로 지원만 해 주었다면 제국의 공격을 막아 내면서 신성국을 공격할 수 있었을 것이다.

남부 지역을 전체를 집어삼키지는 못할 것이지만 일부만 손에 넣어도 트로비치의 운신의 폭이 넓어진다.

트로비치에게 있어서 천재일우의 기회일 수도 있었기에 롭슨은 아쉬움이 생길 수밖에 없었다.

"혹시 앙그사와 벤포드가 준비한 병력이 얼마인지 알고 계십니까?"

"대충 5만은 넘을 것 같소."

"슬리에와 리발튼에서도 5만 정도는 병력을 동원할 수 있으니 그렇게 된다면 10만이 되겠군요. 저희도 2~3만 정도 빼낼 수 있을 것 같습니다."

롭슨은 란돌의 말을 이해할 수가 없었다.

"갑자기 그게 무슨 소리요?"

"우리 쪽에서 알아본 바에 의하면 이번 신성국 정벌에 황제가 전면적으로 나설 것 같습니다."

"그럴 리가 있겠소."

"신빙성 높은 정보입니다. 롭슨 국왕께서도 메슈럼에 대한 정보가 있으실 겁니다. 최근에 들어온 정보가 있다면 떠올려 보십시오."

"메슈럼이면……."

제국이 신성국 정벌에 나섰다는 것은 이미 잘 알려진 사실이다.

심지어 정벌에 나서는 제국군의 거점이 메슈럼이라는 것도 알고 있는 롭슨이었다.

제국과 국경을 길게 맞대고 있어 고달프긴 하지만 한편으로는 가까운 만큼 정보의 습득 또한 빨랐다.

소수의 정찰병을 동원해 살펴만 보아도 제국의 움직임을 속속들이 읽어 낼 수 있었다.

메슈럼이 제국군의 거점이라는 것도 이런 식으로 알아낸 것이다.

롭슨이 무엇인가를 떠올리고는 란돌에게 급히 말했다.

"그러고 보니!"

"이제 눈치채셨군요. 황제가 친정에 나선 것이 분명할 겁니다."

"그럼 황제가 지금 메슈럼에 있단 말이오?"

"그렇지 않고서야 제국이 그리 메슈럼에 공을 들일 이유가 없지 않겠습니까."

롭슨은 도무지 믿기지가 않았다.

"아무리 대범하기로서니 메슈럼이라면 우리 쪽에서 마음만 먹으면 반나절 안에 포위할 수 있단 말이오. 그걸 모르지 않을 것인데."

"무슨 의도인지는 알 수 없습니다. 하지만 이는 분명 우리에게 커다란 기회가 될 것입니다."

"그렇긴 하오. 황제를 직접 공격할 기회가 언제 다시 오겠소."

"저는 이번 기회를 놓치고 싶지 않습니다."

"황제를 처리할 수 있다면 나 또한 놓치고 싶지 않소."

"그래서 동맹들을 설득해 황제를 공격하고자 합니다."

롭슨은 눈을 살짝 찌푸렸다.

동맹에 병력을 지원하는 것은 좋으나 황제를 공격하려면 타국의 대군이 자국 영토를 지나가야 한다.

동맹이라 할지라도 타국의 병력을 자국 영토에 들이는 것은 대단히 민감한 사항이었다.

"아까 말했던 병력을 동원해 메슈럼을 함께 공격하자는 것이오?"

란돌은 롭슨의 심정을 정확히 파악하고 있었다.

"동맹군이 메슈럼까지 가려면 트로비치를 가로질러야 합니다. 어찌 그런 부담을 안겨 드릴 수 있겠습니까."

"메슈럼이 아니라면 어디서 황제를 공격한단 말이오?"

란돌이 활짝 웃으며 계획을 털어놓자 롭슨의 얼굴이 크게 밝아졌다.

"오~ 그거 정말 좋은 방법인 것 같소."

"신성국을 욕심내고 있는 앙그사나 벤포드라 할지라도 거부할 수 없는 제안일 것입니다."

첫 번째 회전

익스는 팔짱을 끼고 마법 통신기에서 흘러나오는 멕신의 말에 집중했다.

–레아스 가문에 대한 조사가 끝났습니다.

"이걸로 마무리된 건가?"

–관련자들을 계속 체포 중입니다. 다만 트로비치 쪽의 인사들은 당장 어찌할 방도가 없습니다.

"그자들은 포기하는 것이 나을 거야."

–감찰원장은 트로비치에 있는 자들도 잡아들일 수 있다는 자신감을 보이고 있습니다. 폐하께서 허락해 주신다면 당장 요원을 파견하겠다고 합니다.

"그렇게 되면 밀무역과 관련된 자들을 전부 잡아들이는 꼴

이잖아. 그놈들 잡겠다고 나섰다가 애써 만들어 놓은 끈이 모두 잘려 나갈 수도 있어."

–부패 12%

익스의 시야에 시스템 메시지가 나타났다.
'얼마 전만 하더라도 15%였는데.'
멕신의 말대로 감찰원에서 레아스 가문과 연계된 자들을 계속 잡아들이는 것 같았다.
–감찰원장이 아쉬워할 것 같습니다.
"기록이나 잘 보관해 놔. 나중에 트로비치를 토벌한 뒤에 잡아들이면 되니까. 그리고……."
익스는 비리 사건을 마무리 지을 때 주의해야 할 사항을 몇 가지 더 알려 주었다.
–상무부 장관, 정보부 부장관과 긴밀히 협조하도록 하겠습니다. 그리고 토벌군이 남부 지역에서 크게 활약 중이라는 소식을 들었습니다.
"샤젤이 생각한 것 이상으로 잘해 주고 있는 것 같아. 덕분에 마법 대포를 아직 사용해 보지 못한 것 같아."
–좋은 소식임과 동시에 아쉬운 소식인 것 같습니다. 그렇지 않아도 궁부에서도 마법 대포가 전투에서 어떠한 활약을 보여 줄지 기대 중입니다.

"그건 짐도 마찬가지야. 얼마나 기다려지는지. 광신도 놈들이 한시라도 빨리 대대적인 반격에 나서 주길 기도할 정도야."

이러한 익스의 기대는 얼마 지나지 않아 현실이 되었다.

남부 지역 탈환을 순조롭게 이어 가던 토벌군 앞에 신성국에서 준비한 대군이 모습을 드러냈다.

들판에 한 줄이 바람이 스쳐 지나갔다.

평소라면 풀잎이 부딪히는 소리가 은은하게 퍼져 나가면서 마음을 평화롭게 했을 것이다.

풀잎들은 언제나처럼 누구의 방해도 받지 않고 마음껏 6월의 따사로운 햇살을 즐겼을 것인데.

잎사귀를 살찌우기 시작한 풀들이 우악스러운 발길질에 찢겨 나갔다.

풀잎을 괴롭히는 것은 헤아릴 수 없는 인간의 발과 말발굽이었다.

평소 인적이라고는 찾아볼 수 없는 들판 좌우로 인간들이 무리를 지어 잔뜩 몰려오고 있었다.

왼쪽은 남부 토벌군(모리스군)이었고 오른쪽은 신성국 방어군이었다.

들판을 사이로 마주 보고 있는 두 군을 살펴보면 오른쪽에 자리를 잡은 신성국 방어군 숫자가 남부 토벌군을 압도하고 있었다.

수적인 열세에 놓여 있음에도 불구하고 남부 토벌군을 이끄는 사령관 샤젤은 지나치다 싶을 정도로 여유로웠다.

"잔뜩 몰려들었군."

샤젤의 말에 곁에 있는 참모가 답했다.

"숫자만 많을 뿐입니다. 언뜻 보면 그럴듯하게 자리를 잡은 것 같지만 망원경으로 살펴보시지요."

망원경을 눈에 가져간 샤젤은 혀를 내찼다.

"억지로 붙잡아 두고 있군."

"아군이 빠르게 밀고 들어오자 급히 병력을 충원한 것일 겁니다. 눈에 보이는 자들을 잡아다가 강제로 세워 놓은 것 같지 않습니까."

"자네의 말이 맞는 것 같군."

샤젤은 망원경을 곁에 있는 호위병에게 넘기며 말했다.

"저런 놈들이라면 마법 대포는 쓸 필요도 없을 것 같은데 말이야. 자네의 생각은 어떤가?"

"계획대로 사용하는 것이 어떨까 합니다."

"굳이 그럴 필요가 있을까?"

"마법 대포를 운영하는 병사들을 꾸준히 훈련시키긴 했으나 실전 경험이 없지 않습니까. 이번 기회를 활용하는 것이 향후 있을 토벌에 큰 도움이 될 것입니다."

"어차피 이길 회전이니, 실수가 있더라도 크게 상관없다는 뜻이로군."

"이보다 좋은 실전 상대가 어디에 있겠습니까."

"생각해 보니 자네의 말이 맞는 것 같아."

"그리고 마법 대포가 불을 뿜기 시작한다면 적들은 소스라치게 놀랄 것이고 이는 아군에게 커다란 기회가 되겠지요. 어쩌면 상상을 초월하는 대승을 거둘지도 모릅니다."

샤겔이 눈을 반짝거렸다.

토벌군을 이끌고 남부 지역으로 들어선 샤겔은 파죽지세로 신성국이 장악한 지역을 탈환해 나갔다.

본격적인 남부 토벌전이 시작된 지 한 달밖에 지나지 않았음에도 샤겔은 벌써 여섯 번의 전투에서 승리를 얻어 냈다.

하지만 여섯 번의 승리를 자축하기에는 부족한 감이 있었다.

전투다운 전투라 하기엔 너무 일방적이었기 때문이다.

무엇보다 신성국에 맞서 싸우기 시작한 저항군이 적극적으로 호응해 주었기에 적을 상대하기 매우 수월했다.

오죽하면 귀족 연합 때보다 싸우기 쉽다는 말이 병사들 입에서 흘러나왔을까.

"상상을 초월하는 대승이란 말이지."

"이번 회전에서 대승을 거두신다면 폐하께 올린 첫 번째 승전보로 이보다 좋은 것이 어디에 있겠습니까."

여섯 번의 전투가 있었지만, 샤겔은 아직 승전보를 올리지 않은 상태였다.

앞서 말한 바와 같이 전투다운 전투가 이루어지지 않았던 탓이다.

별 내용도 없는 승전보를 올려 봐야 동서 연합파에게 견제 당할 확률이 높았다.

동서 연합파든 누구든 간에 심지어 황제라 할지라도 입이 쩍하고 벌어질 만큼 놀라운 승리를 거둘 필요가 있었다.

"그러고 보니 이번이 나의 첫 승전보가 되겠군."

귀족 연합을 토벌하긴 했으나 온전한 샤겔의 공이라 하긴 어려웠다.

반란군을 완전히 구석에 몰아넣은 상황에서 아버지에게 사령관 자리를 물려받았으니 말이다.

"사령관님, 마침 적들이 움직이고 있습니다."

참모의 말처럼 신성국 방어군이 움직이기 시작했다.

6만에 달하는 대군이 동시에 움직이자 들판이 흔들렸다.

오합지졸에 가까운 병력이라 할지라도 6만의 대군이 밀고 들어온다는 것은 대단히 위협적인 일이었다.

더구나 현재 샤겔이 이끄는 병력은 3만에 불과했다.

아군보다 2배나 많은 병력이 해일처럼 밀려들고 있음에도 샤겔의 표정에서 보이는 여유는 사라지지 않았다.

"수가 많다고 제 분수도 깨닫지 못하는군. 기병대를 적의 후방으로 돌려라."

샤겔의 명령이 떨어지자 토벌군 기병대가 적과 멀찌감치 거리를 유지하며 후방으로 이동했다.

다수의 기병이 우회기동을 하면 이를 견제하기 위해서 화살을 쏘거나 똑같이 기병대를 앞세우기 마련이다.

그런데 신성국 방어군은 일반적인 상식에서 벗어난 행동을 보였다.

토벌군 기병대를 지켜보다가 그냥 무시해 버린 것이다.

"유인이라 생각하는 모양이군."

"기병대가 움직이긴 했지만 거리가 너무 벌어져 있지 않습니까. 적이 우리가 기병대를 움직인 이유를 병력을 분산시키기 위해서라 착각한 것 같습니다."

"우리로선 고마운 일이지. 마법 대포 교본에 따르면 적이 밀집되어 있을수록 그 파괴력이 커진다고 했으니 말이야."

"적이 사정권 안으로 들어왔습니다. 공격 명령을 내려주십시오."

샤겔은 고개를 끄덕이며 말했다.

"좋아. 마법 대포가 얼마나 위력적인지 확인해 보자고."

토벌군 후방에 배치된 마법 대포 10대가 드디어 불을 뿜기 시작했다.

별다른 소리는 없었지만 10개의 화염 덩어리가 하늘을 가로지른 후에 전진하는 신성국 방어군에게 떨어졌다.

10개의 화염 덩어리 중에 7개가 엉뚱한 곳에 떨어져서 제대로 타격을 가한 것은 3개뿐이었지만 이것만으로도 적에겐 커다란 충격을 선사했다.

마법 대포는 쉬지 않고 화염 덩어리를 뿜어냈고 각각 5발씩 쏘고 나서 뒤로 물러났다.

샤겔은 마법 대포가 만들어 놓은 광경을 보고서 혀를 내두를 수밖에 없었다.

"엄청난 위력이군."

참모는 다른 의미로 놀라움을 나타냈다.

"적들이 빠르게 혼란을 수습하고 있습니다."

"적 지휘관 중에서 제법 능력 있는 자가 있는 모양이군. 뭐 그래 봤자, 우리 토벌군의 상대는 아니지."

마법 대포의 포격은 서전에 불과했다.

자리를 지키고 있던 남부 토벌군 3만이 적을 향해 나아갔다.

이름 없는 들판에서 제국과 신성국 간의 첫 번째 회전이 본격적으로 막을 올렸다.

"죽어!"

"비켜! 이 새끼들아!"

남부 토벌군과 신성국 방어군이 부딪히자 곧바로 치열한 전투가 벌어졌다.

곳곳에서 함성과 비명이 뒤섞여 울려 퍼졌다.

"밀리지 마라! 자리를 지켜……."

퍽!

멋들어진 갑옷을 입고 목이 터질 것 같이 고함치던 사내의 이마에 손도끼가 박혔다.

순식간에 사내의 머리가 반으로 갈라져 쓰러지자 곁에 있던 자들은 두려움에 떨며 뒷걸음쳤다.

"돌격!"

손도끼를 날리고 심장이 두근거릴 정도로 우렁차게 '돌격'을 외친 주인공은 넨바였다.

"앞에 있는 것은 모조리 찍어 버리고 달려라!"

넨바가 이끄는 병사들은 한 손에는 방패를, 다른 한 손에는 도끼를 들고 있었다.

일명 도끼 부대.

넨바가 이끄는 도끼 부대의 돌격은 노도와 같았다.

앞에 있는 것이 무엇이 됐든 전부 부숴 버리거나 짓밟아 버렸다.

기세가 마치 맹수와 같아서 도끼 부대에 맞선 자들은 저도 모르게 뒷걸음질 쳤다.

"막아라! 저놈들을 막아!"

적들이 병력 일부를 급히 회전시켜 옆구리로 파고들어 온 도끼 부대를 막아섰다.

나름 신속하고 적절한 판단이었지만 문제가 있다면 도끼 부대의 돌파력이 예상보다 더 강력했다는 것이다.

　문제는 그것만이 아니었다.

　넨바가 도끼 부대를 이끌고 신성국 방어군 우익을 무너트리자 중앙까지 흔들리기 시작했다.

　대규모 병력이 부딪히는 회전에서 진용이 흐트러져 빈틈을 보이게 되면 어김없이 기병대가 들이닥친다.

　토벌군 기병대는 넨바의 도끼 부대가 만들어 준 기회를 놓치지 않았다.

　신성국군이 보인 틈을 파고들어 중앙과 우익을 떨어트렸고 종국에는 도끼 부대와 함께 우익을 집중적으로 공격했다.

　신성국 방어군은 자신들의 우익을 어떻게든 구해 내고자 노력했지만 사기가 발목을 잡아 버렸다.

　의문의 화염 덩어리 폭격과 예상보다 강력한 토벌군의 공격.

　여기에 도끼 부대의 무시무시한 돌파력까지 더해지자 신성국 방어군의 사기는 바닥을 뚫고 내려가 버렸다.

　하늘을 날던 새가 한쪽 날개를 잃으면 어떻게 되는가?

　여지없이 추락한다.

　신성국 방어군도 날개를 잃은 새와 같았다.

　우익이 떨어져 나가자 모래성처럼 와르르 무너져 내렸다.

　신성국 방어군 지휘관들도 이젠 현실을 받아들였다.

패배.

야심차게 준비한 반격이 결국 실패로 돌아간 것이다.

그들은 토벌군에게 둘러싸인 우익을 버리고 퇴각을 선택했다.

우익에 배치된 병력이 2만에 육박한다는 것을 감안한다면 어리석은 선택이라 할 수 있겠으나 그들을 구출하고자 4만의 병력을 위험에 빠트릴 수는 없는 노릇이 아니겠는가.

'저놈들을 살리자고 전군을 위험에 빠트릴 수는 없잖아.'

'회전에서 패배했다면 병력이라도 최대한 보존해야 해.'

'어차피 병력이야, 다시 채우면 그만이야.'

'화염 덩어리를 집어던지는 놈들과 싸운다는 것 자체가 애초에 말이 안 되지!'

신성국군 지휘관들은 이렇게 자기 합리화를 하며 빠르게 전장에서 벗어났다.

그러나 그들의 퇴각은 그리 순탄치 않았다.

개편된 군주 지원 시스템

귀족 연합의 반란을 토벌하는 과정에서 메슈럼은 큰 곤욕을 치렀다.

토벌군의 공성 무기에 성벽은 물론이고 도시 곳곳이 파괴됐으나 지금은 그 흔적을 찾아보기 어려웠다.

메슈럼은 귀족 연합의 반란에 휩쓸리기 전보다 더욱 발전한 모습을 보여 주었다.

과거의 성세를 훌쩍 뛰어넘어 버린 것이다.

메슈럼 토박이에게 메슈럼의 전성기가 언제냐고 묻는다면 망설이지 않고 바로 지금이라 답할 정도였다.

메슈럼이 단시간에 최고의 전성기를 누리게 된 것은 애초 서부, 남부, 동부를 잇는 교통의 요지인 탓도 있었지만 가장 큰 이유는 신성국 토벌의 거점으로 선정되고 나서 제국 차원으로 대대적인 지원이 있었기 때문이다.

여기에 백성들이 유입되면서 노동력이 뒷받침된 덕분이기도 했다.

메슈럼으로 모여든 백성들은 7할 이상이 남부(신성국) 지역에서 넘어왔다.

죄악의 돌 사건으로 신성국 내에서 저항군이 조직되었고, 이들은 지방 신전과 수도관을 비롯해 사대 교단과 관련된 시설을 마구잡이로 습격했다.

저항군의 습격이 시간이 지날수록 조직적으로 변해 가자 신성국에서도 더는 이를 좌시하지 않고 강경 대응에 나섰다.

그리고 강경 대응은 언제나 그렇듯 부작용을 낳았다.

신성국은 병력을 동원하면서 저항군과 관련이 없는 백성들까지 무자비하게 탄압했다.

이에 백성들은 분노와 두려움을 느끼고 저항군에 합류하거나 제국으로 도망치기 시작했다.

신성국에서 도망친 이들의 최종 목적지가 메슈럼이었던 것이다.

"남부에서 올라온 백성들의 숫자가 5만을 넘었습니다."

메슈럼 관리관의 보고에 유벤은 팔짱을 끼고 말했다.

"너무 많긴 하군요."

"숫자는 계속 늘어날 것입니다. 더구나 메슈럼이 안전하고 일자리가 넘쳐난다는 소문이 퍼지면서 몰려드는 이주민이 더욱 늘어나고 있습니다."

"임시 거주지로 감당이 안 되는 겁니까?"

"당장은 문제가 되지 않습니다. 다만 지금과 같이 이주민이 계속 늘어난다면 한 달 안에 임시 거주지가 가득 차게 될 것 같습니다."

"흠, 이주를 선택한 자들은 얼마나 됩니까?"

"대부분 이주를 선택하긴 했습니다. 하지만 마냥 믿을 수만은 없을 것 같습니다. 광신도 토벌이 끝난 뒤에 고향으로 돌아간다고 할 수 있지 않겠습니까."

남부에서 올라온 백성들을 임시 거주지에 머물게 한 것은 바로 이러한 이유 때문이었다.

유벤은 잠시 고민하다가 말했다.

"이렇게 되면 계획에 따라 공사를 시작해야겠군요. 그렇지 않아도 황실 재단에서 메슈럼 인근에 부지를 요청했고, 부지가 확보되면 공사에 들어갈 것이라 했으니까요. 같이하면 될 것 같군요."

"황실 재단이라면 고아원과 학교를 말씀하시는 겁니까?"

"네. 일단 고아원부터 짓죠. 그러다가 남부에서 올라온 이들이 고향으로 돌아간다고 하면 그들이 내놓은 자리를 황실 재산으로 이용하면 되니까요."

메슈럼 관리관의 얼굴이 밝아지는가 싶더니 다시 어두워졌다.

"만약 이주민들이 눌러앉으면 어찌 되는 것입니까?"

"다른 곳에 땅을 마련하면 됩니다."

"아!"

"그리고 토벌군이 남부 지역에 교두보를 마련해 놓은 상태입니다. 어느 정도 안정되면 이동할 겁니다. 그렇게 된다면 이주민도 줄어들 것이고요."

"그나마 다행입니다."

"그렇게 안심할 때가 아닙니다. 메슈럼 백성들의 동태에 민감하게 반응하셔야 합니다. 메슈럼 토박이들에게 있어서 남부에서 올라온 이주민은 낯설 수밖에 없을 겁니다. 당장은 별다른 문제가 일어나지 않겠지만 언제고 사소한 일이 다툼으로 번질 수도 있으니까요. 더구나 메슈럼에는 폐하께서 머물러 계십니다. 불상사가 절대 일어나서는 아니 될 깃입니다."

"그렇지 않아도 경비병을 대폭 늘려 수시로 순찰하고 있습니다. 장관께서 우려하시는 불상사는 일어나지 않을 것입니다. 설사 일어난다고 할지라도 재빨리 처리할 수 있습니다."

"잘하고 있다는 것은 알고 있습니다. 제가 말씀드리고 싶은 것은 방심하지 말라는 것이지요. 메슈럼으로 사람이 몰리는 만큼 사건 사고는 늘어날 수밖에 없으니까요."

"명심하도록 하겠습니다."

메슈럼 관리관은 유벤에게 인사를 올리고 물러났다.

혼자 남은 유벤은 지도가 놓인 탁자 앞으로 이동했다.

지도는 남부 지역을 상세히 그려 놓은 것이었다.

놀랍도록 정밀한 지도를 유심히 살피던 유벤이 남부 토벌군을 상징하는 나무 조각을 지도에 올렸다.

지도에 올라간 나무 조각은 양손으로 검을 움켜잡고 있는 병사의 모습이었다.

유벤은 나무 조각을 계속 집어 들었다.

나무 조각은 어느새 서부와 남부 지역 접경지대를 집어삼켰고 일링 가문의 영지 앞까지 나아갔다.

'이만하면 교두보는 확실히 마련된 것이지.'

유벤이 속으로 교두보라 했으나 토벌군이 탈환한 지역은 신성국이 장악한 영토의 5분의 1에 달했다.

어쩌면 신성국 지도부는 애써 위안하고 있을지도 모른다.

서북부를 빼앗긴 것이 아쉽긴 하지만 그리 치명적인 일이 아니라고 말이다.

신성국 서북부는 그들에게 있어서 변방에 불과했으니까.

'본격적인 싸움은 이제부터야.'

남부 토벌군 사령관 샤켈이 올린 승전보는 제국 전체를 흥분의 도가니로 만들어 놓기에 충분했다.

승전보를 정리하자면 크게 3개로 나누어진다.

첫 번째는 토벌이 시작된 후 벌어진 모든 전투에서 승리.

두 번째는 죄악의 돌 사건으로 조직된 저항군을 적극적으로 받아들여 신성국 서북부를 완전히 점령.

마지막으로 신성국 서북부 지역을 점령하는 과정에서 토벌군의 병력이 분산된 와중에도 회전에서의 대승을 거두었다는 것이다.

2배 차이가 나는 적과 회전을 벌여 1만 6천 명을 포로로 잡았으니 엄청난 전공이라 할 수 있었다.

그 엄격한 질링엄이 연락을 받고 그 자리에서 크게 웃음을 터트렸을 정도였다.

유벤의 시선은 첫 번째 회전이 벌어진 지역에서 오른쪽으로 이동했다가 아래로 내려왔다.

일링 가문의 주도인 헬로스와 남부 지역에서 다섯 손가락에 꼽히는 도시 중 하나인 텔룸을 살핀 것이다.

'여기서부터가 진짜지.'

지금까지는 일종의 몸풀기라 할 수 있었다.

헬로스와 텔룸은 신성국으로서도 절대 내줄 수 없는 거점이었기에 죽기 살기로 방어에 나설 것이다.

남부 토벌군이 헬로스든 텔룸이든 어디에 발을 들여놓든 가지고 있는 병력을 탈탈 털어서 올려보낼 것이 분명했다.

"둘 다 공격해도 될 것 같은데."

작전대로라면 교두보를 확보한 토벌군의 다음 목표는 일링 가문의 영지와 주도 헬로스였다.

그러나 토벌군이 멋진 활약을 보여 줌에 따라서 텔룸까지 공격이 가능할 것 같았다.

"저항군도 합류한 만큼 병력은 충분해."

유벤은 지도에 있던 검사 나무 조각들을 둘로 나누어 헬로스와 텔룸으로 배치해 보았다.

전선을 둘이나 유지한다는 것은 다소 위험할 수도 있는 수였지만 이번에 보여 준 토벌군의 능력이라면 가능할 것 같기도 했다.

'그나저나……'

유벤은 신성국 위에 있는 트로비치를 지켜보다가 익스를 찾아 나섰다.

익스가 메슈럼에 도착한 것은 샤겔이 이끄는 남부 토벌군이 제국과 신성국의 접경지에 막 발을 들여놓았을 때였다.

보통 전쟁에 참여한다는 말을 들으면 위험천만한 전투 현장을 누빌 것으로 생각할 것이나 이는 큰 착각이었다.

황제의 친정에 대한 해석은 조금 달리해야 한다.

설마하니 황제가 최전선에 나서서 싸울까?

천만의 말씀이다.

황제가 전쟁에 나선다고 하면 비교적 안전한 후방에서 전황을 보고 받으며 군을 지휘한다.

황제가 최전선에 나섰다가 죽거나 적에게 사로잡히기라도 한다면…….

상상하는 것만으로도 끔찍한 일이었다.

황제가 전쟁에 나선다는 건 그만큼 승리를 확신한다는 것을 의미한다. 물론 풍전등화의 위기에 처했을 때, 국가의 운명을 걸고 전쟁에 나서기도 하지만 적어도 현재 에소니아 제국은 그러한 상황이 아니었다.

풍전등화의 위기에 빠진 것은 제국이 아닌 신성국이었으니까. 한마디로 익스의 친정은 승리를 기정사실화시켜 놓고 이루어진 일이라는 것이다.

그렇기 때문인지 몰라도 전쟁에 참여했음에도 익스는 여전히 황제의 업무에 시달리고 있었다.

"통신기가 원수네."

마법 통신기가 대규모로 보급되면서 황제가 어디에 있든지 궁부의 업무 보고가 이루어졌다.

익스 입장에선 졸지에 일이 2배로 늘어난 셈이다.

기존의 업무와 더불어 신성국 토벌에 관한 보고도 함께 이루어지고 있었으니까.

"어휴, 돌아갈 수도 없고."

마법 통신기를 생각하면 익스가 굳이 메슈럼까지 내려올 필요는 없었다.

전황을 실시간으로 알 수 있으니 말이다.

그럼에도 불구하고 익스가 친정을 선택한 이유는 둘이었다.

첫 번째는 토벌 작전에서 언급했던 것처럼 미끼가 되기 위함이었고, 두 번째는 살아 있는 부적이 되기 위함이라 할 수 있었다.

살아 있는 부적?

이는 군주 지원 시스템 2차 업그레이드와 깊은 관련이 있었다. 시스템이 제공했던 다수의 특수 능력, 그러니까 하늘산맥의 지배자, 마법 공학의 창시자, 코렌스의 지배자, 아이들의 워너비 등과 같은 것 말이다.

다수의 특수 능력이 군주 지원 시스템이 업그레이드되면서 비교적 간단하게 정리됐다.

가장 먼저 언급해야 할 것은 다수의 칭호가 2개로 합쳐졌다는 것.

-에소니아 제국 황제.
-요정 대륙의 네르한.

'에소니아 제국 황제'라는 칭호를 선택하면 다음과 같은 능력치 나열된다.

-내정(제국 전체)
-치안 +50%

- 인구 증가 +50%

- 인재 등용 +50%

- 마법 공학 +50%

- 식량 +100%

- 위생 +100%

- 무역 +100%

- 전쟁(전쟁 참여 시)

- 사기 +100%

- 전투력 +100%

- 방어력 +100%

- 아군 피해(부상, 사망) - 50%

- 결사 항전(항복하지 않음)

　전쟁에 참여하기만 한다면 특수 능력이 아군 전체에 적용된다. 이것을 보고도 어찌 황도에 눌러앉아 있을 수 있겠는가.
　승리와 아군의 피해를 줄이기 위해서라도 익스는 전쟁에 참여할 수밖에 없었다.
　살아 있는 부적이라 했던 것은 이러한 이유 때문이었다.
　"황제씩이나 돼서 부적 노릇이라니."
　익스가 투덜거릴 때였다.

-군주 지원 시스템에서 알려 드립니다. 현재 제국의 부패는 8%입니다. 제국 전체 부패가 10% 아래로 내려갔습니다.

-'부패와의 전쟁' 퀘스트가 완료되었습니다.

-정복 포인트 10 획득

익스는 퀘스트 완료 소식에 눈을 찌푸렸다.

퀘스트를 완료하고 보상을 받는 것은 즐거운 일이지만 정복 포인트가 언급되면 절로 이가 갈렸다.

군주 지원 시스템을 업그레이드하면서 익스가 보유하고 있던 2개의 포인트, 즉 S포인트와 C포인트가 정복 포인트로 통합되었다.

이 과정에서 포인트 변환 비율이 그야말로 지독할 만큼 짰다.

'짜증 나네.'

포인트 변환 비율은 500 대 1이었다.

덕분에 현재 익스가 보유하고 있는 정복 포인트는 이러했다.

-보유 정복 포인트 340

"그 3개만 아니었으면 진짜 때려치웠다."

트로비치의 목적

익스가 말한 '그 3개'란 정복 포인트를 차감해 얻을 수 있는 특별한 효과를 뜻한다.

강제 점령.

승리 선언.

항복 유도.

군주 지원 시스템이 상점을 대신해 선보인 것이다.

강제 점령은 익스가 원하는 지역을 정복 포인트를 이용해 강제 점령이 가능했다.

정복 포인트가 충분하다면 반란군이 점령한 지역(칠왕국)을 얼마든지 제국에 귀속시킬 수 있었다.

그러니까 굳이 대군을 동원해 전쟁을 하지 않더라도 '강제 점령'을 통해 반란군을 제압할 수 있다는 것이다.

정복 포인트가 부족하면 지역을, 더 부족하다면 지방, 도시, 성, 마을 순으로 '강제 점령'할 수 있다.

누군가는 여기서 신성국과 전쟁할 필요 없이 곧바로 강제 점령을 하라고 말할 것이다.

하지만 여기서 문제가 되는 것이 바로 정복 포인트였다.

익스가 포인트 변환 비율에 이를 갈았던 이유가 바로 여기에 있었다.

신성국을 강제 점령하는 데 필요한 정복 포인트는 무려 100만 포인트에 육박했다.

가지고 있는 포인트에 비해서 지나치게 비쌌다.

지금 가지고 있는 포인트가 340임을 생각한다면 반란군(칠왕국)이 점령한 지역을 '강제 점령'한다는 것은 사실상 불가능한 일이었다.

그나마 '승리 선언'과 '항복 유도'가 아니었다면 익스는 군주지원 시스템을 향해 쉬지 않고 욕을 내뱉었을지도 모른다.

2차 업그레이드 따위를 왜 만들어 놓았냐고 말이다.

"쓸 만하니까 참는다."

익스는 토벌군이 성과를 낸 만큼 퀘스트 목록에 변화가 생겼을 것이라 여기고 살피려고 할 때, 유벤이 찾아왔다는 소식을 전달받았다.

"헬로스와 텔룸을 포위한다면 반란군 쪽에서는 그야말로 발등에 불이 떨어진 것이나 다름이 없습니다."

익스는 유벤의 의견을 듣고 생각에 잠겼다.

"흠⋯⋯."

"지금까지 샤겔 사령관이 보여 준 능력이라면 충분히 가능할 것이라 생각됩니다."

"아무리 그래도 전선을 동시에 2개나 유지한다는 건 쉬운 일이 아니야. 더구나 토벌군의 병력이라 해 봐야 10만에 불과한데, 거기서 군을 둘로 나눈다면 괜한 전력 약화가 될 것 같은데."

"남부 토벌군에 합류한 저항군이 6~7만 정도라 합니다. 이들까지 더해진다면 폐하께서 걱정하시는 것만큼 전력이 떨어지지는 않을 것입니다."

"저항군이 합류한다면 분명 병력은 충분하겠지. 하지만 병력이 늘어나더라도 헬로스나 텔룸은 쉽게 무너질 곳이 아니야. 지금까지는 죄악의 돌을 사용하지 않았지만 헬로스나 텔룸이 위험해진다면 결국 투입할 거야. 그렇게 되면 마법 대포는 여느 공성 무기와 다를 바 없어지지 않나."

"폐하, 함락할 필요가 없지 않습니까. 머지않아 1함대가 남해만에 도착할 것입니다."

"1함대가 남해만에 도착하기 전에 최대한 병력을 위쪽으로 올리자는 것이군."

"그것이 이번 작전의 핵심이지 않습니까."

"하지만 말이야, 광신도 놈들이 하나를 포기할까 걱정이야."

"샤겔 사령관과 넨바 소장을 믿으시지요. 그들이라면 충분히 해낼 수 있을 겁니다. 그리고 소인은 폐하께서 친정에 나섰음에도 불구하고 광신도들과 트로비치가 너무 잠잠한 것이 신경 쓰입니다."

"트로비치가 별다른 반응이 없다면 총리가 괜한 우려를 했다는 것이잖아. 네가 준비한 것들이 제대로 먹혀들었다고 보면 될 것 같은데."

유벤은 고개를 흔들었다.

"상무부와 협력해 트로비치 쪽에 수세적으로 나서도록 여론을 조성하긴 했으나 완벽한 대책이라 볼 수 없다는 총리의 지적은 매우 타당한 것이었습니다."

"타당한 지적이라 할지라도 그것이 일어나지 않았다면 괜한 우려라 봐야겠지."

"총리의 말처럼 어떠한 희생을 치러서라도 폐하께 위해를 가할 수 있다면 그것 자체가 남는 장사라는 것은 분명한 사실입니다."

유벤은 총리로부터 남부 토벌 작전을 가지는 위험성을 지적받은 뒤에 곧바로 수정에 들어갔다.

처음에는 무엇이 문제인지 제대로 파악할 수가 없어 난감했다. 그래서 단순히 총리가 꼬투리를 잡고 물고 늘어지는 것으로 생각했었다.

그러나 함께 작전 수립을 했던 알베스와 멕신이 찾아와 유벤에게 사과를 했다.

총리의 지적은 사실 자신들이 해야 했다는 것이다.

이 말을 듣고서 유벤은 충격에 휩싸였다.

알베스와 멕신의 말에 따르면 결국 남부 토벌 작전에 오류가 있다는 뜻이니까.

유벤은 오류가 무엇인지 물었다.

알베스와 멕신은 황제를 미끼를 쓴다는 것과 현재 제국의 권력 구도에 대해서 풀어놓기 시작했다. 그리고 황제가 백성들과 군부에게 어떠한 의미인지도 알렸다.

유벤은 그제야 남부 토벌 작전의 오류가 무엇인지를 깨닫고 빠르게 작전을 수정했다.

근본적으로 크게 달라진 것은 없었으나 황제가 친정에 나서야만 하는 이유가 무엇인지 명확히 밝혔다.

이번 토벌전의 의미는 반란군을 제압하고 그들에게 빼앗긴 남부 지역을 탈환하는 것만이 아니다.

죄악의 돌 사건으로 밝혀진 잔혹한 사대 교단을 축출해야 한다는 것.

태양 신의 화신이자 통합 교단의 수호자로서 황제가 나서서 타락한 사대 교단을 정화하는 것은 당연한 의미였다.

유벤은 통합 교단의 도움을 받아서 황제가 나서야 한다는 여론을 조장했다.

그와 동시에 사대 교단과 맞서 싸울 '교단 구원단'과 전장에 나서는 황제를 지키기 위한 '태양 수호단'을 조직해 이번 토벌전에 투입했다.

유벤은 조치는 여기서 끝나지 않았다.

황제가 미끼가 된다는 것은 여전했기에 확실한 안전장치를 마련했다.

황제를 호위 임무를 맡은 1사단에 마법 대포 20대를 배치한 것이다.

여기에 더해 메슈럼에 공간 이동 마법진을 설치함으로써 황제가 위험에 빠질 확률을 대폭 낮추었다.

이렇게 수정된 토벌 작전은 별다른 문제 없이 통과되었고 유벤에게도 소중한 경험이 되었다.

"너나 총리의 말대로 트로비치가 짐을 노리고자 했다면 진작 움직였어야지. 지금까지 잠잠하다는 것은 메슈럼을 공격할 생각이 없다고 봐야지."

"그것이 이상합니다. 지나칠 정도로 조용한 것이 다른 꿍꿍이가 있는 것이 아닌지 의심스럽습니다."

"다른 꿍꿍이가 뭔데?"

유벤은 선뜻 대답하지 못했으나 익스는 재촉하지 않았다.

폐황제가
되었다

트로비치의 사정에 밝은 편이긴 하지만 그렇다고 속속들이 알고 있는 것은 아니었다.

놈들이 아무리 허술하기로서니 일급 기밀을 흘릴 리는 없을 테니까.

"아직은 잘 모르겠습니다. 하지만 한 가지 확실한 것은 폐하를 목표로 하는 것보다 더욱 큰 이득을 챙길 방법을 찾아낸 것일 수도 있습니다."

"짐을 노리는 것보다 더 큰 이득이라니, 그게 뭐지?"

"그에 대해서는 조사를 해 봐야 할 것 같습니다. 어쩌면 여전히 폐하를 노리고 있을지도 모릅니다. 아군이 눈치채지 못할 정도로 은밀하게 움직이고 있을 가능성도 있습니다."

"혹시 모르니 그림자 기사단에게 수색을 부탁해 봐야겠어. 그들이 특별히 이상한 점을 찾지 못했다면 트로비치가 짐을 포기했다고 봐야지."

"그렇다면 다른 꿍꿍이가 있다는 것이 확실해지는 것이지요."

"도대체 뭘까?"

레이브는 애원하는 눈빛으로 자신을 올려보는 신관을 지그시 바라보았다.

"……."

감정이라고는 일절 느껴지지 않은 차가운 레이브의 눈빛이 신관을 훑고 지나갔다.

신관은 마른침을 삼키고 부들부들 떨며 간절히 말했다.

"제, 제발 살려 주시오."

목숨을 구걸하는 신관의 모습에 레이브는 역겨움을 느꼈다.

그렇게 많은 이들을 고통스러운 죽음으로 몰아넣은 자가 살려 달라고 간절하게 외치다니.

자기 목숨이 귀하면 남의 목숨도 귀한 줄 알아야지.

"넌 살려 달라는 이들을 살려 줬나?"

"우, 우린 죽어 마땅한 자들을 정화했소."

"그 죽어 마땅한 자들이 무슨 죄를 지었는데?"

"가짜 신의 꼬임에 빠져 신의를 저버린 죽어 마땅한 배교자들이었소."

"증거는, 그들이 배교자라는 증거는 어디에 있지?"

"……."

증거가 있을 리 없었다.

죄악의 돌을 만들기 위해 아무 마을이나 골라서 배교자라 몰아세웠으니까.

제국에 있는 통합 교단이 죄악의 돌에 대한 진실을 밝히기 전까지만 하더라도 신성국은 조심스럽게 움직였다.

외부의 시선을 의식해 죄악의 돌을 은밀히 만들었지만 진

실이 밝혀지자 안면을 몰수하고 마구잡이로 백성들을 잡아다
가 죄악의 돌을 만들어 냈다.

목숨을 구걸하던 신관이 입을 열지 못하고 고개를 떨구자
포박된 상태에서도 기가 죽지 않은 신관이 소리쳤다.

"정화를 거친다면 죄의 유무는 전지전능하신 하늘 신께서
판별할 것이다."

"우리는 하늘 신의 섬기는 신관으로서 보는 것만으로도 배
교자인지 아닌지 알아낼 수 있다."

"너희 같은 배교자에게 하늘 신께서 신벌을 내릴 것이다. 당
장 하늘 신께 죄를 청해라."

"위대하신 아버지시여. 악마의 속삭임에 넘어가 죄를 짓고
있는 이들에게 신벌에 내려 그 존재마저 모조리 흩어지게 만드
소서."

사대 교단.

정확히 말하자면 하늘 신 교단의 새벽하늘 기도회에 속한
신관들의 주장과 기도에 레이브는 어처구니가 없었다.

그리고 한때 하늘 신 교단에 속해 있었다는 것이 부끄러웠
고, 그것을 넘어서 분노가 치솟아 올랐다.

어쩌자고 저런 광신도들과 같이 믿음을 공유했는지 이해가
되지 않았다.

만약 그때 그 일이 아니었다면 어쩌면 자신 또한 저들과 같
은 신세가 되어 있었을지도 모른다.

"빌어먹을 놈!"

"증거도 없이 마구잡이로 희생양으로 삼았다는 거잖아."

"악마야, 이놈들은 전부 악마라고!"

"그런 일을 저지르고도 너희들이 신관이냐!"

레이브와 함께하는 저항군 병사들은 분노를 감추지 못했다.

"우린 하늘 신의 뜻에 따랐을 뿐이다. 자꾸 증거를 물어보는데, 배교자가 아니라는 증거가 있나. 만약 죄가 없다면 하늘 신께서 은총을 내려주실 것이다."

"어차피 버러지 같은 삶을 살아가는 놈들이지. 불행을 안고 사는 자들에게 안식을 찾아 준 것이 뭐가 잘못이란 말인가!"

"미천한 자들이 하늘 신의 뜻을 위해 죽을 수 있다면 그것조차 감사히 여겨야 한다."

기도실을 운영하고 있었던 신관들은 자신들의 잘못을 인정하지 않았다.

몇몇 소수가 죽음을 맞이할까 두려워 살려 달라고 애원했을 뿐이다.

"대장님, 이런 놈들과 이야기를 해 봐야 귀만 더러워질 뿐입니다."

"저런 놈들은 한시라도 살려 두어서는 안 됩니다."

"맞습니다. 저런 놈들은 최대한 고통스럽게 죽어야 합니다."

"시간도 넉넉한데, 자리를 잡고 살가죽이라도 벗기는 것이 어떻겠습니까?"

폐황제가
되었다

"그냥 불태워 죽이죠."

"전처럼 기지에 데려가서 때려죽이는 것도 괜찮을 것 같은
데요."

"삶아 죽입시다."

병사들은 신관들을 앞에 두고 스스럼없이 잔인한 말들을 내
뱉었다.

피에 미쳐 있는 것은 아니다.

사대 교단에 의해 가족이나 친구, 연인을 잃었기 때문에 복
수심을 불태우고 있는 것이다.

레이브는 신관들에게 말했다.

"네놈들의 손에 목숨을 잃은 자들이 죽을 때까지 고통에 시
달린 만큼 그에 걸맞은 죽음이 필요하겠지."

신에 대한 믿음이 남다르다 할지라도 인간인 이상 죽음이
두려운 것은 당연한 일이다.

레이브가 죽음을 언급하자 저항군 병사들은 둘로 나뉘어 재
빨리 움직였다.

레이브의 선택

땅을 파는 자들.

기도실에서 커다란 통을 가져오는 자들.

사로잡힌 신관 무리 중에서 눈치 빠른 자들은 저항군이 무슨 짓을 저지를 것인지 눈치채고 경악했다.

"생매장할 생각인가!"

"이 악독한 놈들 같으니라고! 너희들은 하늘 신의 신벌을 받을 것이다!"

"악마다. 정녕 네놈들은 악마로구나."

생매장이라는 말에 놀란 신관들은 분노를 표출하기도 했고 곱게 죽여 달라고 울부짖기도 했다.

"안 된다. 우리를 그냥 죽여라!"

"그냥 죽여 달란 말이다!"

그때였다.

기도실에서 운 좋게 살아남은 생존자들이 레이브에게 다가왔다.

"저, 저희가 하고 싶습니다."

"저놈들을 생매장할 것이라면 저희에게 맡겨 주십시오."

"땅이라도 파게 해 주십시오. 저놈들에게 내 아들과 딸이 고통스럽게 죽임을 당했습니다. 제발 복수할 기회를 주십시오."

"전 남편과 아이들을 잃었습니다. 맨손으로 땅이라도 파겠습니다."

기도실 생존자들까지 합세하자 땅은 금세 파였다.

병사들은 생존자들과 함께 힘을 합쳐 신관들을 챙겨 온 나무 상자에 집어넣었다.

"제발 죽여 줘!"

"으악! 놓으란 말이야. 이 더러운 자식들아."

"살려 줘. 우릴 살려 달란 말이야."

"악마 같은 놈들!"

신관들은 필사적으로 몸부림쳤지만 우악스러운 저항군 병사들의 손에서 벗어날 수 없었다.

나무 상자에 갇힌 신관 중에서도 그나마 운이 좋은 자들은 관처럼 몸을 누일 공간이 있었으나 운이 나쁜 자들은 몸을 웅크리고 옴짝달싹하지 못했다.

레이브는 나무 상자에 갇힌 신관들에게 소리쳤다.

"네놈들에게 죄가 있는지 없는지는 네놈들의 말대로 신께서 알려 주실 거다. 만약 죄가 없다면 네놈들이 그렇게 좋아하는 하늘 신이 은총을 내려주시겠지. 그리고 우리에게는 신벌을 내릴 테고 말이야. 어떻게 되나 두고 보자고."

레이브의 친절한 설명은 여기서 끝나지 않았다.

"그리고 네놈들을 쉽게 죽일 생각은 없어. 숨구멍을 만들어 줄 거야. 덕지덕지 붙은 살을 생각하면 못해도 일주일은 버틸 수 있겠지. 네놈들에게 고통받은 자들에 비할 수는 없겠지만 조금이라도 그 고통을 직접 느껴 봐라."

13개의 나무 상자 위로 흙이 덮였다.

신관들의 비명과 고함이 울려 퍼졌지만 흙이 덮일수록 소리는 잦아들었고 이내 들려오지 않았다.

기도실 생존자들은 레이브와 저항군에게 허리를 숙여 감사를 표했다.

"감사합니다. 정말 감사합니다."

"놈들에게 복수할 수 있도록 해 주셔서 정말 감사합니다."

눈물을 흘리는 자들도 있었다.

"흑흑, 아들, 엄마가 복수를 해 줬어."

레이브는 생존자들에게 물었다.

"갈 곳은 있습니까?"

생존자들은 고개를 저었다.

"그렇다면 우리와 같이 가시죠. 좀 멀긴 하지만 수레를 타고 부지런히 움직이면 이틀 후엔 안전한 곳에 도착할 겁니다."

레이브는 기도실에 있는 식량과 재물 중에서 챙길 수 있는 것들을 모조리 챙긴 다음에 불을 질렀다.

기도실을 파괴한 레이브는 생존자들을 데리고 기지로 향했다.

도착은 예정보다 하루가 더 늦어졌다.

기도실에서 챙긴 식량과 재물이 상당했기에 이동이 쉽지 않았던 것이다.

기지에 도착한 레이브는 부하들에게 생존자들이 거주할 곳을 마련토록 명령하고 휴식을 취했다.

'힘들군.'

지난 1년 동안 그야말로 정신없이 달려왔다.

레이브는 창밖을 바라보았다.

시작은 산속에 있던 은신처에 불과했으나 지금은 도시 하나를 완전히 장악했다.

도시뿐만 아니다.

인근에 있는 마을 20여 개도 저항군에 합류해 신성국에 대항하고 있었다.

하늘 신 교단의 성기사였던 레이브가 저항군의 수장이 된 것은 활사냥꾼 마을 사람들과 깊은 관련이 있었다.

활사냥꾼 마을 사람들을 데리고 오틀라스로 복귀한 레이브는 수호대장에게서 뜻밖의 이야기를 듣는다.

그가 신성국 동남쪽 해안가에 있는 교구의 경비대장으로 임명받았다는 것이다.

레이브는 당황할 수밖에 없었다.

성기사에서 경비대장이 되었다면 사실상 좌천이었으니까.

실망감을 안고 부임지에 도착한 레이브는 죄악의 돌에 관한 소문을 듣게 된다.

황제와 통합 교단이 죄악의 돌이 어떻게 만들어지는지를 밝힌 것이다.

레이브는 헛소문일 것이라 여겼으나 하늘 신 교단에서 운영하는 수도관에서 죄악의 돌을 만들고 있다는 소문에 혹시나 해서 활사냥꾼 마을 사람들의 행방을 수소문해 보았다.

그런데 그들은 감쪽같이 사라진 상태였다.

불길함을 느낀 레이브는 더 적극적으로 나섰다.

비록 좌천당하긴 했으나 그는 성기사였다.

경비대장이 되었다고 해서 성기사 직위를 내놓은 것은 아니었기에 마음만 먹는다면 지방에 있는 수도관 정도는 얼마든지 방문할 수 있었다.

그리고 친분이 있는 신관의 도움을 받아 활사냥꾼 마을 사람들이 기도실로 불리는 곳에 끌려갔다는 것을 알게 되었다.

기도실.

황제와 통합 교단이 언급했던 죄악의 돌이 만들어지는 곳이 아니던가.

레이브는 온갖 어려움 끝에 기도실을 찾아냈고 활사냥꾼 마을 사람들이 모두 고통스러운 죽음을 맞이했다는 사실을 알게 되었다.

레이브는 분노에 휩싸여 마구잡이로 검을 휘두르며 기도실에 있던 자들을 공격했다.

하늘 신 교단의 촉망받던 성기사가 저항군으로 돌아선 순간이었다.

'앞으로 어떻게 하지?'

레이브는 저항군을 이끌고 있기는 했지만 이렇다 할 목적이 있는 것은 아니었다.

지금까지 레이브를 움직였던 원동력은 활사냥꾼 마을 사람들에 대한 죄책감과 하늘 신 교단에 대한 배신감에서 비롯된 복수심이었다.

'마냥 이렇게 지낼 수는 없는데.'

언제까지 복수심에 의존해 저항군을 이끌 수는 없었다.

이때 고민에 휩싸여 있는 레이브를 찾아온 이가 있었다.

바다 신 교단 출신 순수파 신관 젠크였다.

"많이 지쳐 보입니다."

"두 달 동안 열네 곳이나 공격했잖아. 아무리 나라도 지칠 수밖에."

"하긴 쉬지 않고 달려오긴 했지요."

젠크는 레이브의 얼굴을 유심히 살피다가 다시 말했다.

"표정을 보아하니, 뭔가 고민이 있으신 것 같습니다."

"우리 말이야. 언제까지고 이렇게 있을 수만은 없잖아. 네 생각은 어때?"

젠크는 바다 신 교단 신전 운영을 맡고 있는 촉망받는 신관 중 하나였다.

이러한 이유로 젠크는 저항군의 살림을 도맡고 있었다.

레이브가 아버지라면 젠크는 어머니라 해도 이상하지 않을 정도다.

저항군은 사실상 레이브와 젠크에 의해 돌아가고 있었다.

"저항군이 커지긴 했지요. 우리 둘만으로는 운영하기 벅찰 정도로 말입니다."

레이브가 아쉬운 표정으로 말했다.

"서부와 남부 접경지대에서 활동했다면 고민 없이 제국군을 찾아갔을 것인데."

"그게 아쉽긴 하지만 어쩔 수 없지요. 우리와는 반대쪽에 있으니까요. 그래도 제국군 덕분에 숨통이 트이지 않았습니까."

"숨통이 트이긴 했지만 마냥 안심할 수만은 없는 상황이지 않나. 저항군의 규모가 커진 만큼 지켜야 할 곳도 늘어난 셈이니까."

"대장님의 고민이 무엇인지 대충 알고 있습니다. 저 또한 고민하고 있던 일이니까요."

"알고 있다면 대책을 준비해 놓았겠네?"

"나름대로 준비해 놓긴 했습니다."

레이브의 얼굴이 크게 밝아졌다.

"어서 알려 줘 봐."

"그 전에 먼저 대장님께 확인해야 할 것이 있습니다."

"뭔데?"

"대장님께서는 사실상 지역의 군벌이나 다름이 없습니다. 그 말인즉슨 제국에서 여느 독립 세력과 마찬가지로 스스로 왕이 될 수가 있다는 것이죠."

레이브가 화들짝 놀라 소리쳤다.

"지금 나보고 반란을 일으키란 말인가!"

"지금 말씀하신 반란은 제국에 대한 것입니까? 아니면 신성국에 대한 것입니까?"

레이브는 한참 고민하다가 대답했다.

"솔직히 혼란스러워. 내 목표는 오로지 성기사였으니까. 신성국이 제국을 상대로 독립을 선언했을 때도 별다른 생각이 없었어. 그저 성기사가 되었다는 것에 기뻐했을 뿐이니까. 그런데 지금에 와서는 후회가 돼."

"대장님의 마음은 제국으로 향해 있는 겁니까?"

"솔직히 잘 모르겠네. 내 마음이 어떠한지 말이야. 다만 자네의 말을 듣고서 반란을 일으킬 수 없다고 생각이 들었으니 제국을 따르고 있는 것 같긴 해."

폐황제가
되었다

"잘 알겠습니다. 이렇게 되면 우리가 할 수 있는 선택을 하나 뿐입니다. 제국군에 호응하는 것이죠."

"흠."

"반응이 시원찮으신 것 같군요. 제국이 마음에 들지 않으십니까?"

"무슨 소리를 하는 것인가. 만약 그랬다면 반란이라는 소리를 내뱉지 않았겠지. 단지 제국군과 너무 멀리 떨어져 있어서 그런 거지. 우리가 제국에 호응하게 된다면 신성국에서도 본격적으로 대응에 나설 것이 아닌가. 우리가 몸집이 커지긴 했지만 신성국이 작정하고 달려들면 감당하기가 어려워."

"그에 대해선 걱정하실 필요가 없을 것 같습니다. 제국군이 헬로스와 텔룸을 상대로 공성전을 시작했다는 소문이 있으니까요."

레이브의 눈이 커졌다.

"제국군이 벌써 텔룸과 헬로스를 포위했다고?"

"대장님이 부지런히 움직이시는 만큼 제국군도 부지런한 모양입니다. 더구나 폐하께서 친정에 나설 정도라면 제국군의 전력이 엄청나지 않겠습니까."

"하긴 전력이 팽팽했다면 폐하께서 친정에 나설 리가 없긴 하지."

"우리가 제국군에 호응할 시점은 텔룸과 헬로스가 무너진 후가 좋습니다."

"텔룸과 헬로스가 중요한 곳이긴 하지만 여전히 우리와는 멀리 떨어져 있어. 그곳이 함락되어도 제국군과 합류하는 것은 요원할 것인데."

"대장님, 텔룸과 헬로스가 무너졌다면 오틀라스까지 길이 뻥 뚫렸다는 것입니다."

"그렇긴 하지."

"그때가 되면 신성국으로서는 오틀라스 방어에 전념할 수밖에 없고 우리가 병력을 이끌고 멀리 나선다고 해도 감히 반격할 엄두를 내지 못할 것입니다."

젠크의 말에도 레이브의 표정은 밝지 않았다.

"내가 걱정하는 것은 우리가 병사들을 이끌고 나간 뒤야. 신성국 놈들이 빈집을 노릴 가능성이 있지 않나."

레이브의 지적에 답하려던 젠크가 입을 여는 순간 누군가 노크도 없이 문을 열어젖혔다.

"대장님!"

예고도 없이 레이브의 숙소에 들어선 것은 저항군의 부대장이었다.

"무슨 일이기에 그리 급하게 들어오나?"

"제국군입니다. 제국군이 바다에 나타났습니다."

"그게 무슨 소리인가?"

레이브의 물음에 부대장이 빠르게 대답했다.

"저희가 원정 나갔던 곳에 제국군이 배를 타고 나타났습니다. 셀 수 없이 많은 배가 바다를 가득 메우고서 무장한 병력을 쏟아 내고 있었다니까요."

레이브가 부대장을 진정시켰다.

"차분하게 다시 말해 봐."

부대장은 마른침을 삼키고 설명을 이었다.

"남해만에 수백 척의 배가 나타났고 셀 수 없을 만큼 많은 수의 무장한 병사들이 상륙했습니다."

"그게 제국군인 건 확실해?"

"확실합니다. 바다를 가득 메운 배에는 태양 문양의 깃발이 펄럭이고 있었으니까요."

레이브는 젠크와 눈을 마주친 다음, 자리를 박차고 일어났다.

아까 말했던 피곤함 따위는 어디서도 찾아볼 수가 없었다.

"직접 확인해 봐야겠어."

"저도 함께 가 봐야 할 것 같습니다."

젠크도 레이브를 따라 나섰다.

제국군 1군단

신성국 남해만 해안가.

원래는 인적을 찾아볼 수 없는 한적한 곳에 불과했다.

제국이 수백 년 동안 이어 온 해금령으로 인해 해안가 개발
을 소홀히 한 탓이었다.

그러나 이용 자체가 완전히 금지된 것은 아니다.

어부들이 쪽배를 타고 물고기를 잡는 것 정도는 허용해 주
었다.

바다를 끼고 살아가는 백성들을 위해 최소한의 호구책은 필
요했으니 말이다.

오랫동안 바다에 외면한 탓에 제국인들은 바다의 중요성을
깨닫지 못하고 있었다.

만약 제국이 현재와 같이 오랜 시간 분열된 상태였다면 교육을 위해 바다를 이용했겠으나 단일 국가로 발전해 왔기에 육로로 얼마든지 이동할 수 있었다.

무엇보다 제국의 인구는 무시무시한 수준이었기에 육로 이동의 불편함은 인력으로 대체가 가능했다.

이러한 이유로 익스에 의해 해금령이 철폐되었음에도 해안가 개발은 제대로 이루어지지 않고 있었다.

그나마 활발하게 개발되고 있는 것은 제국, 그러니까 코렌스, 서부, 북부 일부 지역뿐이었다.

한적해야 할 신성국 남해만이건만 어찌 된 일인지 배와 사람으로 북적거렸다.

가장 먼저 눈에 들어온 것은 남해만을 가득 채운 셀 수 없이 많은 거대한 배였다.

그리고 해안가에 자리 잡은 무장한 병력과 그 사이를 부지런히 오가는 쪽배들을 확인할 수 있었다.

쪽배 내지는 고깃배의 주인은 바로 남해만 해안가에 살고 있는 어부들이었다.

"정말 크긴 더럽게 크네."

"도대체 저렇게 큰 배는 어떻게 만드는 걸까?"

"난들 아나. 그것보다 저런 배가 있으면 먼 바다에 나가서 마음껏 고기를 잡을 수 있겠지?"

"고기가 문젠가. 내가 보기엔 크라켄도 낚아 올릴 수 있을 것 같은데."

거대한 배에서 젊은 병사 하나가 소리쳤다.

"물건 내려갑니다."

"어이쿠, 허튼소리 말고 얼른 준비해."

"알았어."

거대한 배에서 내려준 밧줄로 배를 고정한 어부들은 밧줄에 묶여 갑판에서 내려오는 짐을 조심스럽게 받아 들었다.

두 어부가 고깃배에 실은 나무 상자는 3개였다.

"출발하시면 됩니다."

고깃배 주인인 어부가 갑판에 있는 병사에게 소리쳤다.

"좀 더 내려주쇼!"

"위험해서 안 됩니다. 그리고 저도 규정에 따른 것이라 마음대로 할 수가 없어요."

어부는 아쉬움에 입맛을 다셨다.

"이럴 줄 알았으면 좀 크게 만들걸."

"얼른 다녀오자. 여기서 아쉬워한다고 배가 커지는 것도 아니잖아."

두 어부는 열심히 노를 저어 해안가로 이동했다.

"그나저나 소문이 무섭긴 하네. 어제만 해도 눈치를 보느라 꼼짝도 안 하더니."

"상자만 옮기면 돈을 준다는데, 누가 싫어하겠냐?"

"그나저나 조금 걱정이 되긴 해. 제국군이면 폐하께서 보낸 것 같은데, 나중에 신성국이 뭐라 하면 어떻게 하지?"

"어차피 반란군이잖아. 폐하께서 보낸 병력을 이길 리가 없지. 그리고 그 미친놈들은 빨리 사라져 버리는 것이 좋아."

"교황인가 뭔가를 뽑고 나서 확실히 이상해지긴 했어."

"사대 교단이니 뭐니 하더니, 하는 짓을 봐라. 사람을 잡아다가 이상한 짓을 벌인다고 하잖아. 그런 놈들은 얼른 잡아가서 싹 죽여 버렸으면 좋겠어."

"하긴 폐하께서 다스리는 곳은 그렇게 살기 좋다던데."

"태양 신의 화신이시잖아. 분명 이번에 신성국 놈들을 모조리 없애 버리실 거야."

"그런데 말이야. 넌 언제부터 그렇게 폐하를 따른 거냐?"

고깃배 주인이 환하게 웃음 지으며 말했다.

"나흘 전부터."

나흘 전이라면 남해만에 제국군이 모습을 드러냈을 때였다.

"이 자식 보게. 화신이다 뭐다 하더니, 결국 돈이 때문이잖아!"

"황제가 아무리 태양 신의 화신이라도 우릴 챙겨 주지 않으면 무슨 소용이냐. 다 필요 없고 우릴 챙겨 주는 분이 최고야."

"틀린 말은 아니지. 그래도 그런 말 어디 가서 함부로 하지 마라."

"여기니까 하지. 바다에서 누가 듣는다고. 다른 곳이었으면 이런 얘기는 꺼내지도 않았어."

폐황제가
되었다

"그나저나 제국군이 이렇게 많이 온 것을 보면 전쟁이 곧 끝나긴 끝날 모양이다."

신성국 남해만에 상륙한 제국군을 이끄는 사령관은 데이카였다.

무려 10개 사단, 10만의 병력을 책임지고 있었다.

제국군은 상륙한 지 나흘이 지난 시점이지만 아직 해안가를 벗어나지 못하고 있었다.

그러나 10개 사단 전부가 해안가에 머무는 것은 아니었다.

6~9사단은 상륙하자마자 북쪽으로 내달려 내륙 지방 확보에 들어갔다.

남해만에서 그대로 북상하면 신성국의 심장부인 오틀라스였기에 진격로를 확보함과 동시에 혹시 모를 적의 공격을 방어하기 위해 1차 방어선 구축에 나선 것이다.

10사단과 11사단은 남해만 해안가를 장악했고 12사단과 13사단은 상륙지를 방어했다.

마지막으로 14사단과 15사단은 바다에 있는 수송선에 군수품을 하역하는 일과 부두 건설을 진행 중이었다.

제국군 사령관 막사에서는 14사단장과 15사단장이 데이카에게 부두 건설 현황을 보고하고 있었다.

"일주일 안에 임시 부두가 완성될 것 같습니다."

"다음 보급품은 좀 더 편안하게 받을 수 있겠군."

"다음 보급품이 오기 전에 오틀라스를 점령해 버리지요."

15사단장의 호기로운 외침에 14사단장이 신중하게 말했다.

"여기서 오틀라스까지 가깝긴 하지만 중간 거점 없이 오틀라스까지 진격한다는 것은 대단히 위험한 일입니다."

"막무가내로 달려 나가자는 것이 아닙니다. 내륙 지방 장악을 위해 진출한 4개의 사단이 세네빌을 포위해 항복 협상 중이지 않습니까. 세네빌이라면 중간 거점으로 충분한 곳이니 공격을 머뭇거릴 필요가 없을 거라 본 것이지요."

데이카는 15사단장의 의견에 동의를 표했다.

"굳이 시간을 지체할 필요가 없긴 해. 더구나 우리 1군단의 상륙은 반란군의 허를 찌르는 것이 핵심이라는 점을 고려한다면 조금 서두르는 것이 해보다는 득이 되겠지."

"기습을 통해 적을 당황케하는 것은 분명 좋은 작전입니다. 하지만 아직 많은 군수품이 바다에 있습니다. 군수품을 모두 하역하기 전까지는 신중하게 움직이는 게 좋을 것 같습니다."

14사단장의 말에 15사단장은 '흠~'이라는 소리를 흘리며 생각에 잠겼다.

데이카 역시도 고민했다.

'기습이란 자고로 신속해야 해.'

현재 신성국의 시선은 헬로스와 텔룸에 쏠려 있는 상태다.

병력 또한 두 곳에 집중되 있는 만큼 제국군 1군단이 상륙한 후방은 무방비 상태나 다름이 없었다.

하지만 신성국에서 언제까지 후방을 무방비 상태로 두지는 않을 것이다.

상륙한 지 나흘이나 지난 만큼 오틀라스에도 제국군이 상륙했다는 사실을 알고 있으리라.

'오틀라스로 곧바로 올라가기엔 무리가 있긴 해.'

무리한다면 얼마든지 가능할 것이나 문제는 귀족들이었다.

백성들이야 스스로 저항군을 조직해 신성국에 대항하고 있으나 귀족들은 사정이 달랐다.

그들이라고 어찌 신성국의 만행에 분노하지 않았겠는가.

신성국과 사대 교단을 규탄하고 싶은 마음이 굴뚝같았다.

그러나 신성국과 사대 교단에 반발해 들고 일어난다 해도 그 이후가 문제였다.

신성국에서 떨어져 나와 독립하기도 애매했고 다시 제국에 붙을 수도 없는 노릇이었다.

설사 제국에 항복한다고 해도 반역자 신분이었기에 용서받기가 쉽지 않았다.

제국군의 위협이 가까워진다면 귀족들은 결국 선택을 강요받게 된다.

용서받기를 애원하며 항복하거나 신성국과 운명을 같이하거나.

'쉽사리 항복하진 않을 거야.'

데이카는 복잡한 생각을 정리하고서 입을 열었다.

"작전대로 움직이도록 하지."

15사단장이 아쉬움을 나타냈다.

"위험이 따르긴 하지만 충분히 해 볼 만한 일이지 않습니까."

"좋은 기회인 것은 분명한 사실이지만 확실히 위험부담이 있어. 세네빌을 확보한다고 할지라도 인근 귀족들이 어떻게 나올지 예측하기가 어려워."

"아군은 현재 적진의 한복판에 있는 것이나 다름이 없습니다. 배를 타고 물러날 수는 있겠지만 10만의 병력이 다시 수송선에 오르려 한다면 수일이 필요할 것입니다. 만약 적이 대대적인 반격에 나선다면 아군은 사실상 퇴각이 불가능한 만큼 해안가를 비롯해 인근 지역을 최대한 많이 확보해 놓아야 합니다."

데이카와 14사단장의 지적에 15사단장은 나지막한 한숨을 내뱉었다.

"죄송합니다. 제가 전공에 눈이 멀어 너무 서두른 모양입니다."

14사단장이 15사단장을 향해 말했다.

"아닙니다. 기습의 묘를 살려 오틀라스를 점령할 수 있다면 그것보다 좋은 것이 어디에 있겠습니까. 만약 군수품이 하역 완료된 상태였다면 저 역시 15사단장님의 의견에 따랐을 겁니다. 전쟁은 빨리 끝낼수록 좋은 것이니까요."

데이카도 15사단장을 격려할 생각이었으나 그럴 수가 없었다.

"군단장님!"

상륙지 방어를 담당하고 있던 12사단장이 막사 안으로 뛰쳐들어왔기 때문이다.

"무슨 일인가?"

"저항군 대장이라는 자가 찾아왔습니다."

저항군이라면 데이카도 익히 들어서 알고는 있었다.

황제와 통합 교단에 의해 죄악의 돌에 대한 진실이 밝혀지면서 신성국 내에서 저항군이 조직되었다는 것을 말이다.

"저항군이 확실한 건가?"

"혹시 몰라 하역 작업을 돕고 있는 백성들을 상대로 정보 수집을 해 본 결과, 남해만 동쪽에 상당한 규모의 저항군이 있는 건 맞는 것 같습니다."

"정보부에서도 비슷한 이야기를 했었던 것 같군."

"백성들을 데려가서 저항군 대장이라 주장하는 자와 대질시켜 볼까요?"

데이카는 고개를 흔들었다.

"저항군 대장이 얼굴을 드러내 놓고 다녔을 리가 없지. 일단 데려와 보게. 만나 봐야겠어."

14사단장이 끼어들었다.

"반란군의 첩자일 가능성도 있는 만큼 저희가 먼저 만나 보겠습니다."

"우리가 상륙하였는지 알지도 못하는 자들이 어찌 첩자를 보냈겠나. 그리고 설사 알고 있더라도 첩자를 보내기엔 시간이 너무 촉박해."

"그렇긴 하지만……."

"걱정되면 같이 가도록 하세. 그러면 되지 않겠나."

"그게 좋을 것 같습니다."

"그러도록 하지요."

14, 15사단장이 자리에서 일어났다.

데이카가 12사단장에게 물었다.

"저항군 대장은 어디에 있지?"

"아군 주둔지 입구에서 대기 중입니다."

"그리로 가지. 첩자일 가능성이 낮긴 하지만 굳이 주둔지 내부를 보여 줄 필요는 없으니 말이야."

데이카는 주둔지 입구로 향하며 생각했다.

'정말 저항군 대장이라면 여러모로 도움이 되겠어.'

지도가 있긴 하지만 아군에게 있어서 남부 지역은 낯선 곳일 수밖에 없었다.

하역 작업을 돕는 어부를 상대로 이것저것 묻고는 있으나 백성들에게서 양질의 정보를 확보하기는 어려웠다.

하지만 저항군이라면 이야기가 달라진다.

'더구나 어느 정도 규모가 된다는 것은 체계가 잡혀 있다는 뜻이지.'

주먹구구식으로 조직을 운영했다면 규모를 키워 내지 못했을 것이다.

거기에 더해.

'내부 사정에도 밝을 것이고.'

정보에 밝지 않고서 어찌 신성국을 상대로 지금까지 저항군을 유지해 왔겠는가.

'이왕이면 사대 교단 고위직 출신이면 좋겠는데…….'

왜 여기서 나와?

샤겔이 이끄는 토벌군이 첫 번째 회전에서 대승을 거두고 헬로스와 텔롬으로 진격에 나서자 메슈럼에 머물고 있던 익스가 병력을 이끌고 남하하기 시작했다.

토벌군의 새로운 거점이자 익스가 머물 곳은 얼음방패성이었다.

첫 번째 회전이 벌어졌던 들판에서 동쪽으로 20km 정도 떨어진 곳으로, 일링 가문의 영지를 지척에 두고 있었다.

일링 가문이 사대 교단과 함께 반란군의 주축 세력임을 감안하면 황제가 머물기에 적합하지 않은 곳이었다.

그럼에도 위험을 무릅쓰고 얼음방패성을 거점으로 삼았다는 것은 그만큼 토벌군의 전력이 우위에 있다는 것을 뜻했다.

실제로 일링 가문의 영지로 발을 들여놓은 토벌군은 파죽지세로 밀고 들어가 헬로스를 위협했다.

신성국이 황제가 있는 얼음방패성을 공격하기 위해서는 일단 헬로스를 위협하고 있는 토벌군부터 처리해야 했다.

얼음방패성은 일링 가문의 영지와 가깝다는 것을 제외한다면 보이는 것과 달리 안전한 곳이었다.

설사 토벌군이 패퇴하여 얼음방패성이 신성국의 공격을 받더라도 얼마든지 이겨 낼 수 있다는 자신감을 가질 정도로 말이다.

어쨌든 얼음방패성에 도착한 익스는 토벌군을 대신해 탈환한 신성국 서북부 안정화 작업에 들어갔다.

반란군이 점령하고 있었던 곳을 탈환했다고 자연스럽게 제국의 것이 되는 것은 아니다.

익스와 함께하는 병력은 5만으로 제국군 1~5사단이다.

1사단은 임무는 황제의 호위였기에 익스가 머물고 있는 얼음방패성을 방비했고 나머지 4개 사단은 탈환한 지역으로 흩어져 안정화 작업에 들어갔다.

익스도 가만히 있지 않았다.

직접 남부 지역 백성들을 찾아가 식량을 베풀고 애로 사항을 챙겨 주었다.

황제가 직접 찾아가 얼굴을 내밀고 백성들과 소통하자 탈환지역은 빠르게 안정을 되찾았다.

반란군의 격렬한 저항으로 백성들의 터전이 파괴되었지만 메슈럼을 통해 온갖 자재들이 쏟아져 복구 작업은 매우 순조로웠다.

몇몇 마을은 이참에 규모를 키우겠다고 나서기도 했다.

"백성들의 적극적인 호응으로 반역자들에 대한 검거가 순조로운 상태입니다."

방금 유벤이 말한 반역자란 사대 교단의 신관, 성기사 또는 신전 운영에 깊숙이 관여했던 신도들이다.

거기에 더불어 신성국의 주축 세력이라 할 수 있는 일링 가문을 지지하는 자들이나 가신들도 포함되어 있었다.

"경비대 조직은?"

"그 또한 순조롭습니다. 특히 저항군에 합류해 반란군과 맞서 싸웠던 이들을 중심으로 꾸리는 중이라 의욕이 넘칩니다. 반란군 부역자들을 빨리 잡아들일 수 있었던 것도 그들 덕분이라 할 수 있습니다."

"숨어 있는 놈들이 더 있을 테니까, 모조리 찾아내. 특히 하늘 신 교단 출신은 절대 놓쳐선 안 돼."

"사대 교단에 대한 백성들의 적대감이 상당한 수준입니다. 부역자들을 잡아들이는 과정에서 불상사가 종종 벌어지고 있을 정도입니다. 아무래도 경비대에 주어진 권한이 너무 큰 탓인 것 같습니다. 혹시 폐하께서……."

익스가 눈웃음을 보였다.

"눈치챈 모양이군."

"역시 경비대를 이용할 생각이시군요."

유벤의 '이용'이라는 말에 익스가 펄쩍 뛰었다.

"무슨 말을 그리 섭섭하게 해. 이용이 아니라 기회를 주는 거지. 백성들이 귀족과 기사들에게 당한 게 얼마인데."

"그리 말씀하셔도 결국 이번에 투항한 귀족과 기사들을 쉽게 용서할 생각이 없으시다는 것 아닙니까."

"당연하지. 반란에 적극적으로 나서지는 않았지만 모르는 척하고 있었다는 것 자체가 소극적이지만 반란에 가담한 것이나 다름이 없어. 그런 놈들을 쉽게 용서해 줄 수는 없지."

익스는 샤겔의 승전보를 받고서 곧바로 남부 지역에만 칙령을 선포했다.

사대 교단의 반란, 그리고 죄악이 돌 사건과 깊은 관련이 없는 자들은 선처하겠다는 것이다.

귀족이나 기사인 경우엔 텔룸과 헬로스 점령에 힘을 보태어 공을 세운다면 반역의 굴레에서 벗어날 기회가 주어진 것이나 마찬가지였다.

이렇게 되자 상당수의 귀족과 기사들이 투항을 선택했고 텔룸과 헬로스를 포위하고 있는 토벌군에 합류했다.

몇몇 이들은 황제인 익스를 만나 직접 용서를 빌겠다며 얼음방패성으로 달려오는 자들도 있었지만 이내 발길을 돌릴 수밖에 없었다.

폐황제가
되었다

텔룸과 헬로스를 함락시키기 전까지 반역자들은 황제를 알현할 수 없었기 때문이다.

투항을 선택했더라도 텔룸과 헬로스를 무너트리기 전까지는 여전히 반역자라는 의미였다.

이를 이해한 남부 지역 귀족들과 기사들은 적극적으로 토벌군에 협력했다.

"그렇게 되면 폐하의 칙령은?"

"짐은 용서하겠지만 백성들까지 그들을 용서하는 것은 아니지 않나. 그리고 반역자 놈들도 양심이 있으면 뭐라도 하나 내놓아야지."

"내놓아야 할 것이 목숨인지요?"

"큰 죄를 지었다면 당연히 그렇게 해야지. 그리고 그건 경비대에서 알아서 조사할 것이고 말이야."

유벤은 남부 지역이 제국의 품으로 돌아온 후에도 한동안 극심한 혼란에서 쉽사리 헤어 나오지 못할 것 같다는 예감이 들었다.

"그리고 저항군으로 활동하면서 활약한 자들을 알아보고 명단을 작성해 놓도록 해. 고생한 만큼 보상을 해 줘야지. 필요하다면 작위라도 내려줘야지."

이것으로 확실해졌다.

황제는 신흥 귀족을 탄생시켜 기존의 귀족들과 대립시키고자 하는 것이다.

"짐을 보는 눈빛이 뭔가 이상한걸."

"이상하다니요."

"꼭 무서운 유령을 보는 것 같다고나 할까?"

"폐하의 심계에 놀라서 그런 것 같습니다."

익스는 유벤을 흘겨봤다.

"다른 사람은 몰라도 정보부 장관이 그렇게 봐서 되겠나. 심계나 모략으로 치자면 짐보다 장관이 한 수 위일 것인데."

"트로비치의 의중도 꿰뚫지 못하는 소신이 어찌 그리 자신할 수 있겠습니까."

"그렇게 따지면 짐도 마찬가지야. 그리고 말이 나와서 말인데, 그놈들이 지금까지 조용한 것을 보면 정말 움직일 생각이 없는 것 같지?"

"그림자 기사단에서 나서서 살펴보았음에도 아무런 움직임이 없었다면 그렇다고 봐야 할 것 같습니다."

"움직일 기회는 얼마든지 있었지. 우리가 빈틈도 내주었고 말이야."

"필레도 사령관에게서 온 연락도 신경이 쓰입니다."

"전선에 배치된 트로비치의 병력이 줄어든 것 같다고 했었지."

"그러하옵니다. 트로비치에서 빼낸 병력은 분명 다른 곳에 배치했을 것인데, 어디로 배치했는지 전혀 알지 못하는 상황인지라……."

폐황제가
되었다

"확실한 것은 우리 쪽이 아니라는 거야. 우리 말고 트로비치를 노리는 자들이 있는 건가?"

"반란군끼리 반목하는 것이라 여기시는 것입니까?"

"그럴 가능성도 충분하지. 저들이 대단한 대의명분으로 모인 것이 아닌 만큼 자신에게 이득이 된다면 언제든 뒤통수를 칠 거야."

유벤이 손뼉을 쳤다.

익스의 의견을 듣고서 무엇인가를 떠올린 것이다.

"그 반대의 경우도 진지하게 생각해 봐야 할 것 같습니다."

익스는 의문 가득한 트로비치의 움직임에 대해 유벤과 이야기를 나누고 나서 남해만에 상륙한 데이카에게 전황을 보고받았다.

"세네빌이 생각보다 빨리 항복한 것 같군."

―이번에 합류한 저항군의 도움이 컸습니다.

"거기도 저항군이 있었던 모양이군."

익스의 중얼거림에 유벤이 설명해 주었다.

"순수파 신관들과 성기사들 중 일부가 사대 교단에 반발하면서 저항군을 조직했었습니다."

"기억이 나는군. 정보부에서 그들을 지원해 주겠다고 했었던 것 같은데."

"거리가 멀어 제대로 지원하지 못했습니다."

익스는 깜짝 놀랐다.

데이카의 보고에 따르면 이번에 1군단에 합류한 저항군 세력은 상당한 수준이었다.

"지원이 없었음에도 그만한 세력을 구축했다면 저항군 대장의 능력이 대단히 뛰어난 것 같군."

익스가 저항군 대장에게 호기심을 보이자 데이카가 재빨리 답했다.

―세네빌 항복 협상을 빠르게 마무리 지을 수 있었던 것도 저항군 대장의 덕분이라 할 수 있습니다.

데이카의 설명에 따르면 저항군 대장은 세네빌이 외부에 마련해 놓은 비밀 식량 창고는 물론이고 세네빌 안으로 은밀히 드나들 수 있는 비밀 통로까지 알고 있었다고 한다.

저항군의 활약은 여기서 그치지 않았다.

1군단이 비밀 식량 창고를 접수하는 동안 비밀 통로를 통해 세네빌 안으로 들어가 사대 교단을 지지하는 인사들을 절반 이상 암살해 버린 것이다.

"저항군의 정보력이 놀랍군."

―저항군 대장이 하늘 신 교단의 성기사 출신이어서 그런 것 같습니다.

익스는 저항군을 이끄는 대장이 다른 곳도 아니고 하늘 신 교단 출신이라는 사실에 놀라움을 금치 못했다.

그러다가 문득 떠오르는 것이 하나 있었다.

'설마…….'

익스는 스스로 말도 안 되는 상상을 했다며 고개를 흔들었다.

하늘 신 교단의 성기사는 1~2명이 아니다.

더구나 신성국으로 독립한 뒤에는 성기사 숫자를 대규모로 늘리지 않았던가.

'그래도 혹시 모르니까.'

익스는 놀란 마음을 겨우 진정시키고 확인하는 차원에서 물었다.

"저항군 대장의 이름이 뭐지?"

—대장은 레이브라는 자이고 그를 도와 저항군 살림을 도맡았던 자는 젠크라는 인물입니다.

익스는 저도 모르게 마른침을 삼켰다.

레이브도 놀라운 마당에 젠크라니.

'이놈들이 여기서 왜 나와?'

익스가 놀라 말문이 막힌 사이에 데이카의 설명이 계속 이어졌다.

—젠크는 바다 신 교단 출신으로 순수파에 속한 신관이었다고 합니다. 평소 레이브와 친분이 있었는데, 반란군의 잔혹함을 알게 되면서 사대 교단에 회의감을 품고 레이브를 돕기

시작했다고 합니다.

레이브와 젠크.

익스뿐만 아니라 포킹덤을 읽은 독자라면 절대 잊을 수 없는 인물이다.

포킹덤의 마지막 승리자이자 에소니아 제국에 이어 새로운 제국을 건설한 이들이 바로 레이브와 젠크였기 때문이다.

어찌 보자면 포킹덤의 진정한 주인공들이라고 할 수 있었다.

익스는 떨리는 마음을 진정시키고 데이카에게 물었다.

"그 둘은 앞으로 어떻게 할 것이라 하던가?"

─그에 대해서는 자세히 물어본 적이 없습니다만, 적극적으로 협조하는 것으로 보아 폐하의 신하로서 부족함이 없어 보입니다. 이들의 능력은 소장이 보기에도 범상치 않은 만큼 만약 폐하께서 중용해 주신다면 반드시 큰 공으로 황은에 보답할 것입니다.

둘의 능력에 대해서는 의심할 여지가 없었다.

미래의 황제와 재상이었으니까.

문제는 저들의 야심이다.

'아니지, 아니야. 아직 그만한 야심을 보일 때가 아니긴 해.'

레이브와 젠크가 두각을 나타내는 것은 벤포드로 넘어간 뒤였다.

그 전에 낚아채서 정신 교육만 제대로 해 놓는다면 그보다 더 믿을 만한 인재가 없었다.

이미 최강의 기사 둘을 데리고 있지만 아직 나이가 어린 탓에 써먹질 못하고 있었다.

레이브와 젠크라면 최강의 기사 둘이 장성하기 전까지 생기는 공백을 메우고도 남았다.

'그림이 멋지긴 해.'

최강의 기사가 될 러셀과 클레노가 장성해 레이브와 젠크를 지원한다면 그야말로 무적의 군단이 만들어지는 것이나 다름이 없었다.

제국이 몇 개로 갈라져 있든 알아서 반란군을 모조리 토벌해 줄 것이다.

"그 둘을 만나 봐야겠어."

신성국의 반격 준비

　새벽하늘 기도회 의장 젤론은 사대 교단의 교황에 선출되면서 명실상부 남부 신성국의 실질적인 지배자가 되었다.

　몇몇 호사가들 사이에서는 남부 신성국 건국에 한 축을 담당했던 일링 가문의 트라오 국왕이 있는 만큼 새로운 지배자인 교황과 다툼이 벌어질 수도 있겠다는 우려가 있었다.

　사대 교단이 이번에 선출된 교황에게 공식적으로 신성국에 대한 지배권을 부여했기 때문이다.

　교황에게 주어진 지배권은 자신들이 장악한 제국 남부 지역에만 국한된 것이 아니었다.

　이교도의 우두머리인 황제가 다스리는 지역 모두를 구원할 대상으로 삼았다.

사실상 대륙 전체를 교황이 통치해야 할 지역으로 규정한 것이다.

　여기서 알 수 있듯이 제국과의 극심한 대립은 예견된 것이나 다름이 없었다.

　제국이 신성국 교황의 선포를 묵인할 리가 없을 테니까.

　멀리 갈 것도 없었다.

　신성국 건국에 일조해 지배권에 대한 지분을 나누어 가진 일링 가문의 트라오 국왕과의 관계도 새롭게 수립해야 했다.

　만약 트라오 국왕이 교황에게 주어진 신성국에 대한 독자적 지배권에 반발한다면 호사가들이 지적한 우려가 실제로 벌어질 가능성이 높았다.

　그러나 이는 기우에 지나지 않았다.

　겔론의 즉위식에 트라오 국왕이 직접 찾아와 무릎을 꿇음으로써 모든 우려가 봄에 눈이 녹듯 사라졌다.

　트라오 국왕의 지지를 얻어 낸 초대 교황 겔론은 자신감을 얻었고 이는 곧바로 밖으로 표출되었다.

　즉위식이 끝나자마자 겔론이 가장 먼저 추진한 일은 하늘신 교단의 비밀 결사대인 새벽하늘 기도회를 양지로 끌어 올리는 것이었다.

　마음 같아서는 당장이라도 신성국을 집어삼키고 싶었지만 상황이 그리 호락호락하지 않았다.

　나머지 3개 교단의 눈치도 봐야 했고 자신의 본진이라 할

폐황제가
되었다

수 있는 하늘 신 교단조차 제대로 장악하지 못한 상태였기 때문이다.

젤론은 하늘 신 교단을 장악하기에 앞서 3개의 교단, 그러니까 바다 신, 빛의 신, 대지 신 교단에게 적당한 감투와 이권을 나누었다.

직접적으로 말을 하지는 않았으나 하늘 신 교단의 내부에서 무슨 일이 발생하더라도 관여치 말아 달라는 암묵적인 제안을 젤론이 했고, 3개 교단이 이를 받아들인 것이다.

젤론은 3개 교단의 입에 달콤한 꿀을 쏟아부은 뒤에 가장 먼저 자신의 최대 맞수였던 신앙교리성 성장에게 누명을 씌워 실각시켰다.

젤론은 여기에 만족하지 않았다.

신앙교리성 성장의 영향력과 인품, 재력으로 보았을 때, 살아 있으면 언젠가는 발목을 잡을 것이라 생각했다.

그래서 젤론은 교리성장을 실각시켜 지방 교구로 쫓아내는 것에 그치지 않고 목숨까지 빼앗았다.

공식적으로는 의문의 실종으로 처리됐다.

3개 교단은 젤론과 맺은 암묵적 협상대로 하늘 신 교단에서 일어나는 치열한 권력 다툼에 관여치 않았다.

오히려 흥미진진하게 지켜보며 속으로 쾌재를 불렀다.

하늘 신 교단 내에서 권력 다툼이 벌어지면 결국 스스로 제 힘을 갉아먹는 것이나 마찬가지였으니까.

그러나 3개 교단의 수뇌부는 얼마 지나지 않아 크게 후회해야만 했다.

젤론을 너무 쉽게 생각한 것이다.

강력한 경쟁자가 사라지자 젤론은 새로운 먹잇감을 향해 눈을 번뜩였다.

유일신 사상.

하늘 신만이 유일한 신이라는 새벽하늘 기도회의 교리를 하늘 신 교단 전체로 퍼트렸다.

그와 동시에 바다 신, 빛의 신, 대지 신 교단을 처리할 방안을 수립해 나갔다.

일명 신성국 봉헌 계획.

하늘 신을 유일신으로 섬김으로써 남부 신성국 전체를 하늘 신의 전당으로 만들겠다는 것이다.

교황에 오른 젤론은 자신에게 주어진 권력을 그야말로 효과적으로 사용했다.

파문권을 흔들며 다른 교단을 압박해 나갔다.

이렇게 젤론이 신성국을 장악해 나가고 있을 때, 생각지도 못한 사건이 터졌다.

죄악의 돌과 죄악 징벌관의 정체가 통합 교단과 황제에 의해 낱낱이 밝혀진 것이다.

이때부터 모든 것이 엉클어지기 시작했다.

신성국 봉헌 계획은 산산조각이 났고, 다른 교단을 압박하고 있던 파문권은 도리어 하늘 신 교단에게 비수가 되어 날아들었다.

그리고 불운은 손을 잡고 함께 온다고 했던가.

죄악이 돌 사건이 본격화되면서 신민들이 저항군을 조직해 신전과 수도관을 습격하기 시작했다.

엎친 데 덮친 격으로 황제도 대군을 동원해 성스러운 하늘 신의 땅에 침략했다.

교황 겔론에게 있어서는 일생일대의 위기가 찾아온 것이나 다름이 없었다.

제국의 침략에 맞서기 위해 겔론은 곧바로 대응에 나섰으나 결과는 시원치 않았다.

애초에 급하게 모은 병력이었던지라 큰 기대도 없었다.

그저 시간만 적당히 끌어 주길 바랐으나 허무할 정도로 처참하게 무너져 버렸다.

결국 서북부를 내주고 신성국에서 주요 요충지라고 할 수 있는 헬로스와 텔룸까지 위협받는 상황에 이르렀다.

문제는 여기서 그치지 않았다.

제국군이 배를 타고 남해만에 상륙하여 저항군과 힘을 합쳐 세네빌까지 점령해 버리면서 오틀라스는 아주 크게 위협을 받았다.

절체절명, 풍전등화라는 말로도 표현하기 부족한 위기의 순간이었음에도 겔론은 놀라운 선택을 한다.

위기의 상황을 이용해 3개 교단(바다 신, 빛의 신, 대지 신)의 주요 인사들을 반역 혐의로 모조리 잡아들였다.

그 외의 신관들에게는 하늘 신 교단으로의 개종을 강제했다.

3개 교단의 신관에게는 달리 선택지가 없었기에 상당수가 하늘 신을 받아들였다.

끝까지 개종을 반대하는 자들은 어디론가 끌려갔는데.

다들 쉬쉬하고 있긴 했으나 개종을 거부한 신관들이 기도실로 끌려갔다는 것을 알고 있었다.

겔론은 위기의 순간이지만 일치단결해 하늘 신을 섬긴다면 침략자들을 물리칠 수 있다고 주장하면서 대대적으로 성전을 선포했다.

이 성전을 현실적으로 표현하자면 강제징집이다.

그리고 강제징집은 무차별적으로 이루어져 무기를 들 수만 있다면 남녀노소를 가리지 않았다.

강제로 끌려온 백성들은 두려움에 떨었지만 하늘 신 교단의 신관들은 그들을 '신병(신성한 병사)'이라 칭하면서 전쟁터로 내몰았다.

물론 강제징집된 이들 중에서 어린아이의 상당수는 기도실로 끌려가야만 했다.

죄악의 돌을 만들기 위해서.

신성국의 대소사의 관장하는 하늘 신 교단의 대신전 대전에 교황 겔론을 중심으로 하늘 신 교단의 고위 신관들이 모두 자리해 있었다.

"벌써 사흘째입니다. 오늘은 결론을 내야만 합니다."

"여기에 있는 모두가 결론을 내길 바라고 있소. 오늘은 어떻게든 견해차를 좁혀 보도록 합시다."

"이견을 좁히고 말 것이 뭐가 있겠습니까. 당장 지원을 나간 병력을 복귀시켜야 합니다."

"뭘 망설이는 것입니까. 더 늦추어서는 안 됩니다. 지금도 텔룸과 헬로스에서 신실하고 용맹한 하늘 신의 신성한 병사들이 안타깝게 죽어 가고 있습니다. 한시라도 빨리 불러들이는 것이 그나마 전력을 보존하는 길입니다."

신성국은 침략군이 포위한 텔룸과 헬로스를 지원하기 위해 대규모로 지원군을 파견했으나 현재는 병력 복귀를 논의하고 있었다.

"안 됩니다! 텔룸과 헬로스까지 침략군의 손에 넘어간다면 오틀라스는 완전히 고립되어 버릴 것입니다."

"오틀라스도 중요하지만 텔룸과 헬로스 역시도 그에 못지않게 중요한 곳임을 어찌 간과하신단 말입니까!"

겔론은 머리가 지끈거렸다.

사흘 동안 같은 문제로 의견 차이를 좁히지 못한 상태다.

그렇다고 신관들을 나무랄 수도 없는 상황이었다.

전황 논의를 시작해 결론이 나려고 할 때마다 비보가 날아들었으니까.

연전연패.

신성국은 여전히 패배의 구렁텅이에서 헤어 나오지 못하고 있었다.

가장 충격적인 소식은 바로 오틀라스 바로 아래에 있는 세네빌이 침략군의 손에 넘어갔다는 것이다.

지원군 복귀 문제도 결국 세네빌를 빼앗기면서부터 격화된 것이나 마찬가지였다.

"바로 아래 있는 세네빌에 적이 잔뜩 몰려 있습니다. 그 숫자가 무려 15만에 이른다고 합니다. 그들이 북상한다고 생각해 보십시오. 그들을 어찌 막아 낼 겁니까?"

"그렇다고 텔룸과 헬로스를 포기한다면 결국 그곳에 있던 적들이 오틀라스로 몰려들 것입니다. 그렇게 되면 우리가 맞닥뜨려야 할 병력은 15만이 아니라 20만, 30만이 될 수도 있습니다."

지원군 복귀를 신중하게 생각해야 한다는 쪽은 소수에 불과했다.

다수의 신관은 지원군 복귀를 지지하고 있었다.

"침략군 기세가 매우 사납습니다. 지원군이 있다고 해서 텔룸과 헬로스를 지킬 수 있다고 확신할 수도 없는 상황입니다."

"이대로 있다가는 각개격파 당할 가능성이 아주 큽니다. 그럴 바에야 포기할 것은 포기하고 힘을 합치는 것이 낫다고 봅니다."

"저도 힘을 합쳐야 한다는 것에 동의합니다. 죄악의 돌이든 죄악 징벌관이든 모두 오틀라스로 불러들여야 합니다. 그래야 우리도 힘을 제대로 발휘할 수 있지 않겠습니까."

죄악의 돌이 모일수록 강력한 힘을 발휘한다는 것은 이미 잘 알려진 사실이다.

"맞습니다. 오틀라스가 위험한 처지입니다. 우리 안방이나 다름없는 곳을 위기에 노출시킬 수는 없습니다."

"통제 중이라곤 하지만 세네빌까지 침략군에게 넘어간 이상 신민들도 곧 알게 될 것입니다. 아니, 이미 알고 있다고 봐야겠지요. 신민들의 사기가 바닥을 칠 겁니다."

"반전의 계기가 필요합니다. 신성국의 강력함을 신민들에게 보여 주어야 성전에도 힘이 실립니다."

신성국 주요 인사들의 의견이 오틀라스로 힘을 모으자는 쪽으로 쏠렸다.

텔룸과 헬로스를 사수하자는 쪽은 타협점을 내놓을 수밖에 없었다.

"무슨 말씀인지 알겠습니다. 하지만 텔룸과 헬로스를 전부 침략군에게 내주어서는 안 될 것 같습니다. 텔룸을 포기하는 것은 어떻겠습니까?"

　대신전에 자리한 신관들의 얼굴에 탐탁지 않음이 나타났다.

　그 이유는 텔룸과 헬로스의 소유권과 관련이 있었다.

　남부 신성국은 사대 교단의 영향력 아래에 있었으나 엄연히 국왕이 존재했다.

　바로 일링 가문의 가주인 트라오다.

　신성국의 내부를 자세히 뜯어 보면 사대 교단이 영향력을 행사하는 곳과 트라오 국왕이 영향력을 행사하는 곳으로 나누어진다.

　헬로스의 경우엔 일링 가문 영지의 주도인 만큼 의심의 여지 없이 트라오 국왕 영향력 아래에 있었지만 텔룸의 경우엔 사대 교단이 지배하는 곳이다.

　교황의 지배권을 인정했다고는 하지만 그렇다고 하루아침에 트라오 국왕이 가진 지배권을 모두 회수할 수 있는 것은 아니었다.

　자신들의 것을 포기하고 남의 것을 지켜야 한다는 점이 마음에 들지 않아 신관들의 표정이 일그러진 것이다.

　"내 것, 네 것을 따질 때가 아닙니다. 냉정히 생각하셔야 합니다. 우리가 헬로스를 포기한다는 것은 일링 가문을 포기한다는 것과 다름이 없습니다. 만약 일링 가문이 침략군에 의해서 무너진다면 어떻게 될 것 같습니까?"

　"강력한 우군이 사라지는 것이나 다름이 없지요. 그리고 현재 텔룸에 나간 지원군이 많습니까? 아니면 헬로스에 나간 지원군이 많습니까?"

"텔룸 쪽이 월등하게 많죠. 거의 4배 정도 차이가 날 것입니다."

텔룸을 찾은 유벤

"포기하려면 텔룸을 포기하는 것이 맞습니다. 생각해 보십시오. 헬로스가 침략군의 손에 넘어가면 오틀라스로 오는 길이 뻥 뚫리게 됩니다. 하지만 헬로스를 비롯한 일링 가문의 영지가 굳건하다면 어떨까요?"

"침략군이 텔룸을 점령하더라도 오틀라스로 대군을 이끌고 오면 트라오 국왕 때문에 왼쪽 측면이 부담스럽겠군요."

"맞습니다. 제가 말씀드리고자 한 것이 바로 그것입니다. 무엇보다 트라오 국왕은 누구보다 신실한 신도입니다. 하늘 신께 봉헌한 성지를 위해서라면 불길이라도 마다치 않고 뛰어들 자입니다. 그런 자를 어찌 함부로 버리려 하십니까."

신관들의 의견을 듣고 있던 겔론이 드디어 입을 열었다.

"트라오 국왕이 가진 하늘 신 아버지에 대한 믿음은 의심의 여지가 없다. 그리고 침략군에 맞섬에 있어 그의 힘이 필요한 것 또한 사실인 만큼 헬로스를 포기할 수는 없는 일이다. 안타까운 일이지만 텔륨은 포기하고 전력을 정비한 뒤에 침략군에 맞서 싸우도록 하겠다."

교황 겔론의 선언에 치열하게 이어졌던 논쟁은 언제 그랬냐는 듯 사라졌다.

신관들은 한마음 한뜻으로 외쳤다.

"성하의 가르침에 따라 행하겠습니다."

"성하의 가르침에 따라 행하겠습니다."

성좌에 앉은 겔론은 오른손을 들어 올렸다.

교황 호위대 대장이 앞으로 나서서 신관들에게 외쳤다.

"성하께서는 이미 오래전부터 이교도의 우두머리인 황제가 성지를 침략할 것이란 걸 예견하고 계셨습니다. 당연히 대책을 마련해 놓으셨지요. 지금까지 이렇다 한 힘을 쓰지 못한 것은 10보 전진을 위해 1보 후퇴를 선택한 것이라 보시면 됩니다."

대신전에 모인 신관들이 고개를 치켜들었다.

호위대장이 말을 이었다.

"앞으로 성기사 출신 죄악 징벌관이 활동하게 될 것입니다."

"세상에!"

"죄악 징벌관이 성기사라면!"

지금까지 죄악 징벌관은 신관들로 이루어져 있었다.

그로 인해 죄악 징벌관이 대규모 전투에서 이렇다 할 활약을 보여 주지 못했다.

죄악 징벌관은 일정 범위에 있는 일정 인원에게 무적의 힘을 선사하지만 정작 자기 자신을 보호하지 못한다는 치명적인 약점을 가지고 있었다.

제국군은 그것을 기가 막히게 파고들었다.

개활지에서 전투가 벌어지면 지독하리만치 죄악 징벌관만 노렸다.

이것이 신성국군으로서는 너무도 골치가 아팠고 결국 징벌관을 최대한 안전하게 보호할 수밖에 없었다.

이로 인해 수세적인 자세로 일관하며 종국에는 성벽에 의존하게 된 것이다.

그런데 성기사가 죄악 징벌관이 되었다면 이전의 약점이 사라지는 것이나 마찬가지였다.

"하늘 신의 도움이십니다."

"이렇게 되면 침략군을 제대로 공격할 수 있게 되겠군요."

"이제야 답답했던 속이 뻥 뚫리는 기분입니다. 어쩔 수 없이 수성에 전념하고 있었는데."

이제부터는 반격의 시작이다.

모처럼 반가운 소식이 전해지자 신관들의 얼굴이 크게 밝아졌다.

암울함만 가득했던 전황에 한 줄기 빛이 쏟아져 내리고 있었다.

그리고 이를 축복이라도 하는 듯이 반가운 소식까지 연이어 찾아들었다.

"성하, 벤포드 사신이 동맹을 대표해 찾아왔습니다."

외교성 성장이 소식을 전한 신관에게 물었다.

"육국을 대신해서 벤포드 사신이 찾아왔다고?"

"그렇습니다."

"지금까지 침묵하고 있더니, 무슨 일로 찾아왔다고 하던가?"

"육국에서 침략군에 맞서고 있는 아국을 위해 지원군을 준비했다고 합니다. 지원군 파병에 대해 논의를 하고자 찾아왔다고 답했습니다."

대전에 모여 있던 신관들의 얼굴에 웃음꽃이 피었고 어떤 이들은 주먹을 불끈 쥐었다.

넨바는 참모들과 함께 나란히 서서 텔룸의 성벽을 바라보았다.

남부 지역의 요충지 중 하나로 손꼽히는 곳이라는 걸 증명이라도 하듯이 거대함을 뽐내고 있었다.

평소라면 수많은 이들이 드나들었을 텔룸의 성문은 굳게 닫혀 있는 상태였다.

텔룸의 성벽을 둘러보면 파괴된 곳이 눈에 띄었다.

넨바가 고개를 좌우로 흔들며 중얼거렸다.

"쉽지 않군."

제국에서 만들어 토벌군에 보급된 마법 대포는 많은 이들의 사랑을 독차지했다.

물론 적에게는 악몽과 같았지만 말이다.

텔룸을 포위한 '토벌 2군' 진영에는 다수의 공성 무기가 자리를 잡고 있었다.

토벌 2군은 샤겔이 이끄는 토벌군이 둘로 나누어지면서 붙여진 이름이다.

첫 번째 회전에서 승리를 거둔 샤겔은 토벌군을 둘로 나누어 토벌 1군은 헬로스로, 토벌 2군은 텔룸으로 보내 공격했다.

토벌군의 병력이 10만이라곤 하지만 병력을 둘로 나누면 전력 감소는 피할 수가 없었다.

그럼에도 불구하고 군을 둘로 나눌 수 있었던 것은 저항군의 합류 덕분이었다.

샤겔은 토벌 1군은 자신이 직접 지휘했고 토벌 2군은 넨바를 부사령관으로 삼아서 지휘토록 했다.

현재 넨바가 토벌 2군과 함께 텔룸을 바라보고 있는 것은 바로 이러한 이유 때문이었다.

어쨌든 공성 무기에 붙어 있던 병사들이 공성 무기를 능숙히 조작해 거대한 바위를 텔룸 성벽으로 날렸다.

"이번엔 몇 개가 명중할 것 같나?"

넨바의 물음에 참모들이 차례대로 자신의 의견을 밝혔다.

"지금까지 보여 주었던 것을 감안한다면 5개 이상은 성벽에 타격을 가할 것 같습니다."

"5개 이상은 지나치게 낙관적인 것 같습니다. 현재까지 파악한 죄악의 돌이 30개였으니. 많아야 2~3개일 겁니다."

"아무리 그래도 2~3개보다는 많을 겁니다. 죄악의 돌이 특별한 힘을 가지고 있다고는 하지만 그걸 계속 유지할 수는 없다는 것이 밝혀지지 않았습니까."

참모들이 저마다 의견을 내는 동안 공성 무기가 날린 거대한 바위가 텔룸 성벽 지척까지 다다랐다.

공성 무기에서 바위를 날리면 성벽에 있는 병사들은 두려움을 느끼고 자리를 피하기 마련이다.

그러나 텔룸의 성벽에 있는 병사들은 특이한 반응을 보였다.

묵묵히 자리를 지키고 있었다.

두려움 따위는 어디에서도 찾아볼 수 없었다.

자리를 지키고 있는 병사들 사이에서 푸른 망토를 걸친 성기사들이 성벽 난간에 섰다.

성기사들은 허공을 가르는 바위를 바라보았다.

이대로 있다가는 날아오는 바위에 깔려 죽을 것 같았지만 이내 믿을 수 없는 일이 벌어졌다.

기사가 날아오는 바위를 향해 주먹을 내지르자 바위가 잘게

부서져 주변으로 흩어졌다.

조각난 바위가 사방으로 분사되면서 성기사의 주변에 있던 자들을 덮쳤으나 큰 부상으로 이어지지는 않았다.

멍이 드는 타박상 정도의 피해에 불과했다.

어떤 성기사는 바위가 성벽 위가 아닌 중간 지점을 타격하려고 하자 타이밍 맞추어 성벽 아래로 뛰어내렸다.

바위가 성기사와 부딪히자 산산조각나 바닥에 떨어졌다.

성기사는 바위에 부딪히고 높은 곳에서 떨어졌지만 멀쩡했다.

바닥에 안전히 착지한 뒤에 느긋하게 살짝 열린 성문 틈으로 들어가 버렸다.

이것을 지켜보고 있던 넨바는 헛웃음과 함께 중얼거렸다.

"환장하겠군."

"이미 예상하셨던 일에 왜 그렇게 놀라시는 겁니까?"

"저런 줄 알고 있었는데, 그래도 놀랍지 않은가. 커다란 바위를 주먹으로 산산조각내 버렸으니 말이야. 그것도 모자라 저 높은 성벽에서 뛰어내려 몸으로 바위를 부숴 버리니."

"아군 병사들도 덤덤히 바라보고 있습니다. 군을 이끌고 계신 부사령관께서 그리 놀라시면 병사들에게 악영향을 미칠 수도 있습니다."

"그걸 어찌 모를까. 그래도 저걸 보고 있으니까. 어떻게 함락시켜야 할지 숨이 막히는 것 같아서 말이야."

"마법 대포가 있지 않습니까. 그리고 내일이나 모레면 20문의 마법 대포가 추가될 것입니다. 그렇게 되면 죄악의 돌로도 감당하기 어려울 것입니다. 마법 대포의 포탄을 단 하나만 놓치더라도 기존의 공성 무기와는 비교도 할 수 없을 정도의 큰 피해를 볼 테니까요."

참모의 말처럼 다음 날 20문의 마법 대포가 토벌 2군 진영에 도착했다.

그런데 토벌 2군 진영에 도착한 것은 마법 대포만이 아니었다.

뜻밖의 손님이 함께하고 있었다.

토벌 2군을 이끄는 부사령관 넨바의 막사.

"장관님께서 이곳까지 오실 줄은 몰랐습니다."

넨바 맞은편에 서 있는 것은 유벤이었다.

"부사령관님께 알려 드려야 할 일이 있어서요."

"통신기로 전달하시는 게 아니라 직접 오실 정도라면 범상치 않은 일인 모양이군요."

"그렇다고 봐야겠죠."

"흠, 무슨 일인지 궁금하군요. 말씀해 주십시오. 경청하겠습니다."

"말씀드리기 전에 먼저 묻고 싶은 것이 있습니다. 마법 대포 20문이 추가되었는데. 앞으로 어찌할 생각이십니까?"

넨바는 '당연한 것을 왜 묻는 거지?'라는 의문이 들긴 했지만 순순히 대답했다.

"마법 대포가 20문이나 추가되었으니 현재 토벌 2군이 보유한 마법 대포가 35문에 달하는 만큼 이제 총공세에 나서야겠지요."

"총공세는 뒤로 미루어 주셔야 할 것 같습니다."

"설마 여기까지 찾아오신 이유가 총공세를 만류하기 위함입니까?"

"네. 맞습니다."

넨바는 이해할 수 없다는 얼굴로 말했다.

"현재 토벌 2군이 보유한 마법 대포가 아까 말씀드린 것처럼 35문에 달합니다. 이만하면 텔룸 안에 있는 죄악의 돌로도 감당키 어려울 것인데요."

"세네빌에 있는 1군단에서 알아본 바에 따르면 오틀라스로 병력이 집중되고 있다고 합니다. 어쩌면 적들이 텔룸을 포기할 수도 있을 것 같습니다."

유벤의 말에 넨바는 고개를 흔들었다.

"텔룸을 포기하다니요. 있을 수 없는 일입니다. 여기를 포기하면 남부 지역의 절반을 포기하는 거나 다름없지 않습니까."

"죄악의 돌이 있다고는 하지만 반란군의 전력이 아군보다 떨어지는 것은 분명한 사실입니다. 더구나 1군단이 남해만에 무사히 상륙하고 세네빌까지 탈환함에 따라 엄청난 위협을 느끼고 있을 것이고요."

"그렇게 본다면 텔룸이 아니라 헬로스까지 포기할 수도 있지 않겠습니까?"

"그 또한 가능한 일인지라 토벌 1군에서도 준비 중입니다."

"정보부 장관께서는 적들이 물러날 것이라 확신하고 계신 것 같군요."

"그렇습니다. 폐하께서도 저와 같은 의견이시지요. 그래서 제가 여기까지 찾아온 것이고요."

황제까지 언급되자 넨바는 더 이상 의문을 가지지 않았다.

"제가 어떻게 하면 되겠습니까?"

"퇴로를 열어 주면 됩니다."

"퇴로를 열어 주고 기병을 동원해 적을 추격하라는 것입니까?"

"추격은 하시되, 진심으로 나서서는 아니 됩니다."

"그게 무슨 말씀이십니까? 허겁지겁 퇴각하는 적을 기병으로 추격하면 커다란 피해를 줄 수 있습니다. 어쩌면 죄악의 돌을 가진 자들을 없애 버릴 수도 있을 테고요."

"퇴각하는 적을 처리할 자들은 따로 준비되어 있습니다."

유벤은 직접 준비한 지도를 펼쳐 텔룸에서 물러나는 적을 어찌 처리할 것인지 설명했다.

"추격을 뿌리쳤다고 안심하고 있을 때 공격하는 것이라면 확실히 좋은 방법인 것 같습니다. 그런데 만약 적이 텔룸을 포기하지 않으면 어찌 되는 것입니까?"

"그렇다면 텔룸은 양쪽에서도 공격을 받게 될 것입니다. 그때야말로 파상공세가 시작되는 것이지요."

넨바는 유벤의 작전대로 텔룸에 대한 포위망을 조정했다.

무작정 퇴로를 열면 상대방이 의심을 할 수 있기에 흩어져 있는 공성 무기를 한곳에 모으는 것처럼 꾸몄다.

이렇게 되자 자연스럽게 포위망에 빈틈이 생겼고, 닷새 후 새벽녘에 텔룸의 성문이 열리면서 전격적으로 퇴각이 시작되었다.

계획대로라면 넨바가 추격대를 보내야 했지만 그럴 수가 없었다.

두 대륙의 지배자

궁부 회의는 매달 이루어지지만 진행되는 장소는 가변적이었다.

황제가 참석한다면 황궁 대회의실에서 진행되었고 그렇지 않을 땐 총리실에 딸린 회의실에서 진행됐다.

"변수가 등장했습니다."

"이미 각오했던 일이 아닙니까. 반란군 놈들다운 선택입니다."

"문제는 대군을 파견했다는 것입니다. 눈치 보지도 않고 아주 병력을 싹싹 긁어모은 것 같습니다."

"이렇게 되면 병력을 추가로 투입해야 하지 않겠습니까?"

"준비는 필요하다고 봅니다. 다만 곧바로 지원군을 파견할 필요는 없을 것 같습니다. 적들이 작전대로 병력을 집결시켰으니까요."

"이렇게 되면 놈들에게 제대로 한 방 먹일 수 있게 되는 것이군요."

"오틀라스가 아니라 헬로스에서 써먹어야 한다는 것이 아쉬울 뿐입니다."

질링엄은 남부 지역 반란군 토벌 전쟁과 관련된 이야기를 나누다가 휴식 시간을 이용해 다소 논점에서 벗어난 질문을 던졌다.

"다소 뜬금없겠지만 잠시 쉬어 가는 김에 물어보고 싶은 것이 있소."

내무부 장관 멕신이 고개를 끄덕였다.

"말씀하시지요."

"코렌스에 관한 것이오."

코렌스가 언급되자 황제와 함께 코렌스 개발의 대소사를 관장했던 교육부 장관 토비가 말했다.

"제가 아는 한도 내에서는 말씀드리겠습니다."

질링엄은 '흠~'이라는 소리를 내뱉으며 머뭇거리다가 조심스럽게 입을 열었다.

"현재 코렌스를 관리하는 자들의 면면을 보면 전부 남부 코렌스 지사인 설리반과 연관이 깊은 자들이었소."

"요정 대륙에 있는 수염고래성에서 넘어온 자들이 코렌스를 전담해서 관리하는 중이긴 합니다."

토비가 언급한 것처럼 현재 코렌스의 주요 도시를 관리하는 자들은 수염고래성 출신들이었다.

데로트를 토벌하고 궁부가 2황도(아네스)로 옮겨 감에 따라 코렌스의 행정력은 타격을 받을 수밖에 없었다.

궁부가 2황도로 옮겨 간다는 것은 단순히 자리 이동에 그치지 않았다.

데로트를 토벌하기 전까지만 하더라도 궁부의 관할 지역은 코렌스뿐이었다.

그러나 데로트를 토벌함으로써 궁부가 살피고 다스려야 할 지역이 최소한 3배에서 많게는 5배까지 늘어난 상태다.

당연히 궁부의 인력은 늘어날 수밖에 없었고 기존에 일(코렌스 궁부에서)하던 자들을 데리고 가야만 했다.

이로 인해 탄탄했던 코렌스의 행정력에 구멍이 생길 수밖에 없었다.

이를 극복하고자 투입된 것이 수염고래성 출신 인재들이었다.

설리반은 수염고래성 출신 중에서 가장 성공한 자였고 수염고래성에서 넘어온 자들이 그에게 모여드는 것은 어찌 보면 당연한 일이라 할 수 있었다.

"코렌스는 제국에서 있어 매우 중요한 곳이라 할 수 있소."

질링엄은 총리가 되기 전까지 코렌스라는 곳에 대해 큰 관심이 없었다.

그저 땅이 비옥해 식량이 풍부한 지역이라는 인식이 전부였다.

그러나 총리의 자리에 올라 코렌스에 대한 업무 보고를 받고 나서부터는 생각을 달리할 수밖에 없었다.

질링엄은 코렌스의 가치를 떠올리며 말을 이어 나갔다.

"제국의 중심이 현재는 2황도지만 코렌스야말로 제국을 지탱하고 있는 기둥이나 다름없는 곳이오. 이런 곳을 남부 코렌스 지사가 혼자 관리한다는 것이 과연 옳은 일인가 싶어서 말이오."

질링엄의 언급처럼 한 사람에게 권한이 쏠려 있으면 우려를 표명하는 사람이 생기는 것은 당연한 일이다.

자칫 잘못하다가는 반란을 일으킬 수도 있으니까.

무엇보다 반란군에 의해 제국이 분열된 시기라면 더욱 그러했다.

토비는 질링엄의 걱정과 우려가 무엇인지를 깨닫고 답했다.

"총리께서 남부 코렌스 지사의 이름으로 보고서가 올라와 착각하신 것 같습니다."

"내가 잘못 알고 있는 것이었소?"

"설리반 지사가 폐하를 대신해 코렌스 관리의 일익을 담당하고 있는 것은 사실이긴 합니다."

"일익을 담당했다고 한다면 다른 자도 있다는 것이오?"

"그렇습니다."

"도대체 누구요?"

"지금 이 회의실에 없는 분들을 떠올려 보십시오."

질링엄은 의아해하다가 궁부의 다른 이름이 십부라는 것을 떠올리고 의문이 자연스럽게 해소되었다.

"이종족 장관들이 빠졌구려."

"마공부와 농무부 장관들께서는 특별한 경우를 제외하고는 궁부 회의에 참석하지 않으시지요. 아마 그래서 총리께서 착각하신 것 같습니다."

"그러면 어째서 두 장관이 아닌 설리반 지사가 보고서를 올리는 것이오?"

"폐하께서 코렌스 관리하도록 지시한 이는 총 4명입니다. 앞서 말한 두 장관과 설리반 지사, 그리고 마탑주입니다. 이들 중에서 보고서를 작성할 자가 누가 있겠습니까?"

질링엄은 토비의 말에 작게 웃음을 터트렸다.

"설리반 지사가 억지로 보고서를 작성해 보고하는 중이라 해석해도 되겠소?"

"그렇습니다. 두 장관께서는 코렌스를 맡아 관리해 주는 것만으로도 고마워해야 한다는 생각이시고 마탑주의 경우엔 워낙 바쁘신 분이라 매달 업무 보고를 한다는 것 자체가 어려운 일이지요."

"그래서 설리반 지사의 이름으로 업무 보고가 올라왔다?"

"애초에 남부 코렌스 지사로서 업무 보고를 했던지라 이왕 하는 김에 같이하게 되었다고 보시면 됩니다."

"내가 괜한 걱정을 한 것 같소."

"저희가 미리 말씀드리지 못한 탓이 큽니다. 반란군 토벌로 인해 바쁘다는 이유로 코렌스에 대한 일을 따로 말씀드린 적이 없으니까요."

"이제라도 알면 되었소. 코렌스라는 곳을 알수록 중요한 곳이라 노파심이 생긴 것뿐이니 말이오. 이제 쉴 만큼 쉬었으니, 하던 일이나 마무리 지읍시다."

질링엄의 말에 내무부 장관 멕신이 나섰다.

"황도 설계가 마무리되었고 세부 설계도도 마련되었습니다. 이미 보셔서 알고 계실 겁니다. 황도 재건에 대해 어찌 생각하십니까?"

궁부 회의가 진행되는 회의실에 침묵이 감돌았다.

황도 재건에 대해서는 의견이 제법 많았다.

무너진 황도를 재건해 제국의 기틀을 다시 세워야 한다는 주장과 사실상 현 황제는 창업 군주와 다름없는 만큼 아예 새로운 황도를 세워야 한다는 주장이었다.

소수이긴 하지만 2황도를 황도로 삼자는 의견도 존재했다.

황실의 비극과 치욕이 함께한다는 감정적인 요인을 제외하고서 2황도가 된 아네스는 제국의 수도가 되기에 부족함이 없었다.

단순히 거대할 뿐만 아니라 거대한 제국을 다스리기에 적합할 정도로 모든 인프라를 갖추고 있었으니까.

데로트 가문이 주도인 아네스를 버리지 않고 공식적으로 2황도로 삼은 이유도 잘 마련된 인프라 때문이었다.

질링엄이 말했다.

"일단 폐하의 성심이 중요할 것이오. 만약 폐하께서 황도 재건에 대한 성심이 없으셨다면 황도 재건 계획을 세우라는 황명을 내리지 않으셨을 텐데 말이오."

현재 황도 재건에 관한 것은 내무부에서 관장하고 있는 만큼 멕신이 주도적으로 나섰다.

"저 또한 같은 생각입니다. 폐하께서는 황도를 재건하고자 성심을 굳히신 것 같습니다. 다만……."

궁부 회의에 참석한 총리와 장관들은 누구랄 것이 없이 멕신의 입에 집중했다.

"일단 설계도를 다시 한번 살펴봐 주셨으면 합니다."

멕신은 총리와 장관들이 설계도를 펼치는 걸 확인하고 계속 말을 이어 나갔다.

"지형을 살펴보십시오. 뭔가 이상하지 않습니까?"

궁부의 반응은 둘로 나뉘었다.

질링엄, 토비, 알베스, 타밀은 무엇인가 알았다는 듯한 반응을 보였고 나머지는 전혀 모르겠다는 듯 고개를 갸웃거렸다.

"역시 네 분께서는 눈치채셨군요."

멕신이 언급한 4명 질링엄, 토비, 알베스, 타밀의 공통점은 제국의 본래 황도를 기억하고 있다는 것이다.

질링엄이 황도를 경험한 4명을 대표해 말했다.

"이 설계도는 폐허가 된 황도의 지형과 맞지 않소."

궁부에 자리를 치지하고 있는 자들은 이미 그 능력을 인정받은 자들이었다.

질링엄의 말이 뜻하는 바가 무엇인지를 금세 깨달았다.

"황도 재건이라 해서 기존의 황도를 다시 세우는 것이 아니었군요."

"황도 재건이라는 말에 사로잡혀 생각이 좁아진 것 같습니다."

"이렇게 되면 황도 재건을 처음부터 재검토해야 하는 것 아닙니까?"

"설계도를 보면 그 규모가 가히 상상을 초월할 정도로 거대했습니다. 이를 현실로 만들기 위해서는 철저한 사전 준비가 필요할 것 같습니다."

"다른 걸 떠나 폐하께서 눈여겨보시는 새로운 황도 부지가 어디라고 생각하십니까?"

황도 재건에 대한 의견이 많았던 만큼 언급되었던 후보지도 제법 많았다.

데로트를 토벌하는 과정에서 다수의 영주들이 쓸려 나가면서 황실 직할령의 규모가 대폭 늘어난 상태다.

황도를 완전히 새롭게 짓고자 하는 만큼 적절한 후보지는 이미 차고 넘쳤다.

"3황도가 어떻겠습니까?"

타밀의 물음에 질링엄이 눈을 찌푸렸다.

"코렌스가 현 제국의 기둥과 같은 곳이긴 하지만 너무 서쪽으로 쏠려 있지 않소."

"제국의 중심지가 한쪽에 쏠린 것은 과거였다면 분명 문제가 되었겠지만, 지금은 경우가 다릅니다. 이제 공간 이동 마법진이 있지 않습니까."

공간 이동 마법진은 질링엄도 경험해 보았기에 그것이 얼마나 대단한 것인지를 너무나 잘 알고 있었다.

"내 어찌 공간 이동 마법진의 효용을 모르겠소. 마법 통신기라는 기물도 제국 통치에 대단히 유용한다는 것을 알고 있소. 하지만 그것들이 있다 한들 3황도가 서쪽으로 치우친 상태라는 것은 변하지 않소."

"공간 이동 마법진과 마법 통신기라면 거리나 시간의 제약 없이 제국을 통치할 수 있습니다. 한쪽에 치우쳐 있다는 단점을 극복하고도 남습니다."

질링엄은 여전히 반대의 뜻을 내보였다.

"통치의 측면에서 보면 외무부 장관의 말이 맞소. 공간 이동 마법진이 있다면 언제든 궁부에서 사람을 파견할 수 있을 것이오. 그리고 마법 통신기를 통해 실시간으로 명령을 전달하는 것도 가능할 것이고. 하지만 이는 위에서 아래로 내려가는 것만 생각한 것이오. 백성들의 입장도 생각해야 하오."

"총리께서 걱정하시는 것이 무엇인지 알고 있습니다."

"그걸 알고 있으면서 어찌 제국의 중심을 서쪽으로 치우치게 만들려고 하는 것이오."

질링엄이 걱정하는 것은 백성들이 황도를 방문하려고 할 때였다.

황도는 제국의 경제, 문화, 정치의 중심지였다.

당연히 수많은 백성들이 황도를 방문하려 들 것이다.

백성 모두에게 공간 이동 마법진을 제공할 수는 없는 노릇인 만큼 황도는 되도록 제국의 중심에 놓이는 것이 좋았다.

자칫 잘못하다가는 소외당했다고 여기는 지역이 발생할 수도 있고 이는 결국 통치력 상실로 이어질 가능성이 크기 때문이다.

"앞으로 제국의 중심지는 코렌스가 될 것이기 때문입니다."

"도대체 무슨 소리요. 내가 지금까지 한 이야기를 잊었소?"

"폐하께서는 에소니아 제국의 황제이시자 요정 대륙의 네르한이십니다. 우리가 있는 대륙뿐만 아니라 바다 건너에 있는 요정 대륙의 지배권도 가지셨습니다. 그렇게 본다면 새로운 제국의 중심지는 코렌스일 수밖에 없지 않겠습니까."

질링엄은 생각지도 못했던 일이었기에 크게 놀랐다.

그나마 장관들은 요정 대륙이 익숙했던지라 놀라움에서 금

폐황제가 되었다

세 벗어나 환한 얼굴로 받아들였다.

"외무부 장관님의 말씀이 참으로 옳습니다. 이럴 것이 아니라 한시라도 빨리 폐하께 두 대륙의 지배자라는 새로운 칭호를 올려 드려야 할 것 같습니다."

강제 점령과 정복 포인트

얼음방패성 정문에서 멀지 않은 곳에 폭포가 하나 쏟아지고 있었다.

크지는 않았으나 성문과 가까웠고 겨울이 되면 얼어붙는지라 사람들의 이목을 끌 만했다.

성에 얼음방패라는 이름이 붙여진 이유도 겨울이 되면 얼어붙는 폭포가 마치 방패를 연상시킨다는 이유에서였다.

"날이 점점 추워지고 있어."

얼음방패성 정문인 동쪽 성문에 올라 있는 익스의 말에 곁에 있던 유벤이 답했다.

"남부 지역은 겨울이 일찍 찾아오는 편입니다."

익스는 유벤이 남부 지역 출신이라는 것을 떠올리고 물었다.

"남부 지역이 춥다는 것은 알고 있어서 방한용품을 준비하긴 했는데. 도대체 얼마나 추운 거지?"

"본격적으로 겨울에 접어든다면 토벌전을 계속 수행하기 어려울 것입니다."

궁부에서 수립된 남부 지역 탈환 작전은 상당히 속도감이 있는 편에 속했다.

그 이유는 바로 남부 지역의 혹독한 겨울 때문이었다.

겨울에 접어들면 전쟁을 계속 수행할 수 없었기에 최대한 빨리 최대한 많은 지역을 탈환하고자 했다.

그 결과, 작전은 성공적이라 할 수 있었다.

텔룸과 세네빌을 장악함으로써 남부 지역의 절반가량을 손에 넣었기 때문이다.

여기서 헬로스만 점령한다면 신성국은 사실상 오틀라스에 고립되어 버리는 것이나 마찬가지였다.

겨울이 오기 전에 헬로스를 점령할 수 있다면 남부 지역 탈환은 끝난 것이나 다름이 없었다.

신성국의 중심인 오틀라스가 남아 있지만 익스에게 있어서 그것은 문제가 되지 않았다.

'일링 가문만 확실하게 정리해도 게임은 끝이니까.'

익스가 떠올린 것은 군주 지원 시스템의 퀘스트였다.

-퀘스트 : 제국 남부 지역 탈환

-남부 신성국이라 칭하는 반란군을 물리치고 남부 지역을 탈환해 분열된 제국 통합의 닻을 올려라.

-목표1) 신성국 주요 지역에서 들고 일어난 저항군 15만 이상 흡수/강제 점령 정복 포인트 10만 차감(완료).

-목표2) 텔룸 점령/강제 점령 정복 포인트 10만 차감(완료).

-목표3) 세네빌 점령/강제 점령 정복 포인트 10만 차감(완료).

-목표4) 헬로스 점령/강제 점령 정복 포인트 10만 차감.

-목표5) 신성국 점령 지역 70%이상 탈환/강제 점령 정복 포인트 30만 차감.

-목표6) 일링 가문 트라오 국왕 처형/강제 점령 정복 포인트 30만 차감.

-목표7) 오틀라스 점령/강제 점령 정복 포인트 20만 차감.

-목표8) 신성국 교황 처형/강제 점령 정복 포인트 30만 차감.

-남부 지역 반란군 장악 지역 강제 점령에 필요한 정복 포인트 65만.

퀘스트 목표가 8개나 나열되어 있어서 복잡하게 느껴질 수도 있겠지만 개념은 간단했다.

목표를 완료할 때마다 강제 점령에 필요한 정복 포인트가 줄어든다.

그렇다고 8개 목표를 전부 완료할 필요는 없었다.

퀘스트가 시작될 당시에 남부 지역 반란군 장악 지역 강제 점령에 필요한 정복 포인트가 95만이었다.

그러나 제국 남부 지역 탈환 퀘스트에 할당된 8개의 목표를 전부 완료하게 되면 얻을 수 있는 차감 정복 포인트가 150만에 달한다.

이 말인즉슨 퀘스트 목표 8개를 전부 완료하지 않더라도 강제 점령이 가능하다는 뜻이다.

현재 목표 1~3을 완료함으로써 강제 점령에 필요한 정복 포인트는 65만으로 줄어든 상태다.

나머지 5개 목표 중에서 정복 포인트 65만만 차감한다면 군주 지원 시스템을 이용해 남부 지역을 강제 점령할 수 있게 되는 것이다.

익스가 일링 가문만 점령하면 끝이라고 했던 이유가 여기에 있었다.

또 헬로스를 점령하고 일링 가문의 가주인 트라오를 잡아다가 처형하면 정복 포인트 40만이 차감된다.

여기에 더불어 일링 가문을 무너트리고 그들이 차지하고 있는 영지를 온전히 탈환하게 된다면 목표5가 자연스럽게 완료되어 정복 포인트 30만을 추가로 차감할 수 있다.

'작전대로 잘됐어.'

남부 지역 탈환 작전을 수립하는 과정에서 익스는 고생이 이만저만이 아니었다.

시스템이 제공하는 퀘스트를 이용해 남부 지역을 강제 점령할 수 있다는 것을 알고서 작전의 틀을 그에 맞게 유도해야만 했다.

남부 지역 반란군의 중심인 오틀라스를 공격하려 들면 저항이 거세지는 건 당연한 일이다.

그러나 시스템을 이용한다면 이를 피할 수 있었기에 익스는 오틀라스 점령을 포기했다.

이를 설득하기 위해서 나온 작전 개념이 '오틀라스의 고립'이다.

오틀라스를 고립시키기 위해서는 퀘스트 목표에서 나온 것처럼 주요 거점 점령이 필수적이었다.

그곳이 바로 텔룸, 헬로스, 세네빌이다.

텔룸과 헬로스의 경우엔 서부 지역에서 비교적 손쉽게 공격할 수 있었지만 세네빌은 달랐다.

오틀라스 바로 밑에 있었기에 공격 자체가 어려웠다.

세네빌을 공격하겠다고 나서면 오틀라스에서 그것을 가만히 지켜볼 리 만무했다.

세네빌을 빼앗긴다는 것은 오틀라스 입장에선 등 뒤에 비수를 세워 놓는 형국이었으니까.

익스는 세네빌 점령을 위해 제국이 가진 해상 운송 능력을 적극적으로 활용했다.

여하튼 익스는 시스템을 적극적으로 활용해 남부 지역 탈환에 성큼 다가섰다.

익스는 얼음방패성 안팎으로 대기하고 있는 제국 1~5군단을 바라보며 유벤에게 물었다.

"겨울의 시작이 9월부터라고 했던가?"

"다소 차이가 있긴 하나, 평균적으로 9월 중순이면 겨울이 시작됩니다."

"두 달 정도 남았다는 것이군. 마무리 짓기엔 충분하겠어."

유벤은 의아한 눈빛으로 익스를 바라보았지만 이내 시선을 대기하고 1~5군단에게 시선을 돌렸다.

익스가 중얼거린 '마무리'를 겨울 전에 헬로스를 점령하겠다는 뜻으로 해석한 것이다.

만약 유벤이 익스가 말했던 마무리가 남부 지역 탈환을 뜻한다는 것을 알았다면 경악했으리라.

그리고 당연히 '어떻게?'라는 질문이 이어졌을 것이다.

헬로스.

일링 가문이 주도이자 오틀라스에 이어 신성국의 제2의 도시라 불리는 곳이다.

남부 지역이 신성국으로 독립하고서 사대 교단의 적극적인 지원을 받은 텔룸이 빠르게 발전해 제2의 도시 자리를 위협하고 있지만 헬로스를 넘어서기엔 아직 무리가 있었다.

헬로스도 정체되어 있지 않았다.

텔룸이라는 경쟁자가 생기면서 일링 가문에서 대대적인 투자를 했고, 개발과 발전을 도모했다.

헬로스의 중심에 자리한 왕궁.

본래는 영주 성이었으나 신성국이 건국되고 트라오가 국왕에 오르면서 왕궁이라 불리기 시작했고, 그에 걸맞게 확장이 이루어지고 있었다.

왕궁은 헬로스 개발 사업이 얼마나 의욕적으로 이루어지고 있는지를 보여 주는 단적인 예라 할 수 있었다.

본래라면 최대한 빨리 마무리되었을 테지만 제국과 전쟁이 벌어지면서 확장 공사가 중단되어 버렸다.

일링 가문에서 관리하고 있으나 흉물스러움을 감출 수는 없었다.

트라오 국왕도 왕궁 확장 공사가 중단된 것이 안타깝기는 했으나 지금으로선 모르는 척 해야만 했다.

'하늘 신의 시련을 이겨 내야 한다.'

트라오 국왕은 의지를 다졌다.

제국군이 벌써 헬로스 인근에 자리까지 잡은 상태였으니까.

문제는 그것뿐만 아니었다.

침략군(제국군)은 헬로스를 포위하지 않고 기병을 이용해 헬로스 인근 지역을 점령해 나갔다.

헬로스는 영지 한복판에 있는 것이 아니라 서쪽으로 약간 치우쳐 있었다.

침략군이 헬로스 서쪽을 차근차근 빼앗은 것이다.

영지의 3분의 1 정도가 이미 침략군에게 넘어가 버렸다.

헬로스 서쪽 대부분이 농지인 것을 감안한다면 트라오 국왕으로서는 뼈 아픈 일이었다.

'아직은 참아야 할 때지.'

마음 같아선 병력을 이끌고 침략군을 공격하고 싶었다.

그러나 얼음방패성 인근 들판에서 있었던 첫 번째 회전을 통해 침략군의 전력이 어느 정도인지를 확인하지 않았던가.

신성국이 건국된 이후로 일링 가문이 빠르게 세력을 키워나가긴 했으나 혼자서 막강한 침략군에 맞서 싸울 정도는 아니었다.

"전하! 도착했습니다. 지원군이 도착했습니다."

시종의 외침에 트라오 국왕은 자리에서 벌떡 일어나 집무실을 뛰쳐나갔다.

트라오 국왕이 움직이자 당연히 근위 기사들이 따라붙었고 이어서 주요 가신들도 합류했다.

기사든 가신이든 얼굴이 말이 아니었다.

머리가 푸석푸석하고 눈 밑이 퀭한 것이 제대로 잠을 이루지 못한 듯싶었다.

무시무시한 침략군이 지척에 진을 치고서 날카로운 이빨을 드러내고 있는 상황이다.

이를 극복하기 위한 전략을 고안해 내야 하는 자들인 만큼 고생하는 것은 너무나 당연한 일이 아니겠는가.

트라오 국왕을 따라나서면서 가신들이 기사들에게 물었다.

"무슨 일이오?"

"설마 적이 공격을 시작한 것이오?"

트라오 국왕을 뒤따르던 근위 기사 중에서 가장 후미에 있던 자가 가신들의 궁금증을 풀어 주었다.

"지원군이 도착했다고 합니다. 오틀라스에서 지원군이 왔습니다."

지원군이라는 말에 퀭했던 가신들의 얼굴에 화색이 돌았다.

"오~ 드디어!"

"이제야 숨통이 트이겠습니다."

가신들의 외침은 트라오 국왕의 귀에도 들어갔다.

'얼마나 왔을까?'

트라오 국왕은 체면도 내팽개치고서 왕성에서 가장 높은 경비탑에 올라섰다.

헬로스 동쪽에 엄청난 숫자의 인파가 눈에 들어왔다.

"10만? 15만? 제법 많군."

트라오 국왕의 중얼거림에 곁에 있던 가신 중 하나가 소리쳤다.

"전하, 깃발을 보십시오. 동맹의 깃발이 있습니다. 벤포드, 앙그사, 슬리에, 리발튼 깃발입니다."

"트로비치와 케인의 깃발은 상대적으로 숫자가 적은 것 같지 않습니까?"

"트로비치와 케인은 제국과 국경을 맞대고 있습니다. 병력을 빼내기 어려울 것입니다."

"어쨌든 천만다행입니다. 저만한 지원군이라면 침략군을 물리치기에 충분할 테니까요."

"이제야 좀 안심이 됩니다. 침략군 놈들을 상대할 방법이 마땅치 않아 걱정이었는데."

트라오 국왕은 동맹의 지원군이 높이 세운 깃발을 보다가 하늘색 깃발을 발견하고서 눈이 커졌다.

'저건!'

하늘색 바탕에 새겨진 문양이 어렴풋이 눈에 들어왔다.

하늘 신 교단의 비밀 결사대였던 새벽하늘 기도회의 상징이었다.

'텔룸을 포기했다더니. 결국 여기로 보내 주셨구나.'

트라오 국왕의 눈에서 희망의 불꽃이 치솟음과 동시에 자신감이 피어올랐다.

'해 볼 만하겠어. 아니, 잘 만하면!'

트라오 국왕은 얼음방패성에 있다는 황제를 떠올렸다.

익스는 얼음방패성 동쪽 성문에서 내려와 대기하고 있던 마차에 유벤과 함께 올랐다.

마차는 1~5사단의 호위를 받으며 토벌 1군이 있는 헬로스로 향했다.

헬로스로 향하는 동안 익스는 마차 안에서 유벤과 이야기를 나누었다.

"그게 그렇게 아쉽나?"

"적에게 심대한 피해를 줄 기회였습니다."

"그건 지금에 와서야 할 수 있는 소리지. 그때 당시엔 반역자들의 지원군이 얼마인지 알지 못했으니까."

"1군단의 매복을 유지했더라면……."

유벤은 텔룸에서 퇴각하는 적에게 피해를 주지 못한 것을 지금까지 마음에 두고 있었던 모양이다.

병력 집결

"각자 자리를 지키는 것이 최선이었어. 오틀라스에 정체불명의 대군이 나타나 세네빌 인근까지 접근하지 않았나."

"결국엔 공격하지 않고 물러나지 않았습니까."

"결과적으로 보면 텔룸에서 퇴각하는 자들을 보호하기 위해 1군단을 잡아 놓은 셈이 되었지만 세네빌의 방비에 빈틈이 있었다면 곧바로 달려들었을 테지."

세네빌 인근에 정체불명의 대군이 나타나자 1군단은 비상이 걸렸고 곧바로 대응했다.

수성 준비에 들어감과 동시에 날랜 정찰병을 동원해 대군의 정체 파악에 나선 것이다.

대군의 정체는 오래지 않아 드러났다.

신성국과 함께 반란을 일으켜 독립을 선언했던 세력이 보낸 지원군이었다.

　1군단이 빠르게 대군의 정체를 파악할 수 있었던 것은 레이브와 젠크의 도움 덕분이라 할 수 있었다.

　정찰에 나선 자들이 레이브가 이끌었던 저항군에 속해 있던 자들이었으니 말이다.

　여하튼 반란 세력(육국)들이 대대적으로 신성국을 지원하기로 했다는 소식이 마법 통신기를 통해서 황제와 토벌군에 전해졌다.

　1군단과 함께 움직이는 정찰병(대다수가 레이브 저항군 출신 병사들)의 활약은 여기서 그치지 않았다.

　육국 지원군이 세네빌 인근에 병력을 배치하고 그와 동시에 텔룸으로 이동 중이라는 것을 알아낸 것이다.

　"그렇긴 하지요."

　"넨바가 적절한 판단을 해 주었어."

　적이 텔룸에서 후퇴하자 넨바는 곧바로 직접 2천의 기병을 이끌고 물러나는 적들의 뒤를 쫓았으나 이내 발길을 돌려야만 했다.

　퇴각하는 적들이 우왕좌왕하지 않고 질서 정연하게 물러났음은 물론이고 죄악 징벌관을 이용해 후방을 단단히 방비했기 때문이다.

　죄악 징벌관과 함께 공세적으로 나선다면 약점이 드러날

테지만 수세적으로 나서면 상대하기가 어려웠다.

넨바는 적들이 조직적이고 일사불란하게 후퇴하자 별다른 소득 없이 추격을 포기해 버렸다.

"확실히 이전과는 다른 모습이긴 했습니다."

"그렇게 당했으면 정신 차릴 때도 됐지. 어쨌든 아슬아슬한 상황이었어. 자칫 잘못하면 추격에 나선 아군이 크게 당했을 수도 있으니까."

넨바가 추격을 포기한 것은 탁월한 선택이었다.

"소신이 퇴각 명령을 내렸을 때는 어느 정도 피해가 있었을 것이라 여겼지요."

"그때는 정말 긴박했지. 그리고 넨바가 멀쩡히 복귀했다고 보고할 때 목소리가 심하게 떨렸었지."

"1군단이 보다 정확하게 적의 숫자를 파악했더라면 그리 당황하지는 않았을 겁니다."

"그 이상을 바라는 것은 욕심이야. 1군단은 최선을 다한 것이니까. 설사 숫자를 정확히 파악하고서 매복을 시도했더라도 낭패를 보았을 확률이 높지."

"새로운 죄악 징벌관이 당시에 투입되었는지는 불분명하지 않았습니까."

"투입했을 거야. 새로운 죄악 징벌관이 얼마나 위력적인지 알고 싶었을 테니까. 그놈들이 괜히 세네빌을 찔러 본 것이 아니지."

익스의 말에 유벤은 고개를 끄덕였다.

신성국은 텔룸에서 병력을 빼낸 뒤에 세네빌을 공격했다.

그러나 그리 적극적이지 않았다.

세네빌을 몇 번 두드리고서 그대로 물러났다.

이를 두고 이런저런 이야기가 많았으나 익스는 조금 전에 언급한 것처럼 결론을 내렸다.

유벤은 다른 의도가 있는지를 파악해 보고자 했으나 마땅히 떠오르는 것이 없었다.

세네빌에 있는 1군단에게 방심을 유도해 기습할 가능성을 제기하였으나 오틀라스에 모여 있던 대군이 헬로스로 향한다는 소식이 전해지면 의문을 가질 필요가 없어졌다.

신성국의 목표가 확실해졌기 때문이다.

포기할 것은 포기하고 확실하게 승리를 쟁취하겠다는 뜻이었다.

헬로스에 병력을 집중시킨다는 것은 대회전을 준비하고 있다는 것이다.

지금까지의 패배를 한 번의 전투로 만회하겠다는 것인데.

익스로서도 바라던 바였기에 미소를 지으며 신성국의 의도에 따라 움직였다.

그러나 모든 것들이 익스가 원하는 대로 흘러간 것은 아니었다.

익스에게도 아쉬움이 존재했다.

1군단이 텔룸에서 퇴각하는 적을 놀리기 위한 매복을 포기하고 세네빌 방어에 들어가면서 레이브와 젠트를 만날 수 없게 되어 버렸다.

소수의 호위병만 대동해 건너올 수도 있었지만 그렇게 하기엔 위험부담이 컸다.

그리고 세네빌을 지키기 위해서라도 남부 지역의 지리와 신성국 내부 사정에 밝은 둘은 1군단 내에서도 중요한 존재였다.

더구나 현내 1군단과 함께 세네빌을 방비하고 있는 저항군 출신 병력이 3만에 달한다.

이들을 통제하기 위해 레이브와 젠크의 존재는 필수적이었다.

결국 익스는 고대하던 포킹덤의 진정한 주인공들과의 만남을 어쩔 수 없이 뒤로 미루어야만 했다.

헬로스에서 서쪽으로 15km 정도 떨어진 곳에 거대한 군영이 마련되어 있었다.

군영의 주인은 신성국 토벌에 앞장서고 있는 토벌 1군의 것이었다.

토벌 1군 군영 사령관 막사 안은 사람들로 가득 차 있는 상태였다.

사령관 막사의 주인인 샤겔이 가신들에게 물었다.

"숫자가 얼마나 되는 것 같나?"

"현재 파악한 바에 따르면 최소 10만 이상입니다."

"지금도 병력이 불어나고 있는 상태입니다. 이를 감안한다면 최소 15만 이상이라 봐야 할 것 같습니다."

샤겔의 표정이 일그러졌다.

"최소 15만이라……. 헬로스에 있는 병력까지 더해지면 20만이 넘겠군. 이러다가 30만까지 불어날 수도 있겠어."

"반란군 세력들이 서로 힘을 모았다고 한들 30만은 무리입니다. 일단 보급부터 쉽지 않습니다."

"확실히 30만이라는 숫자는 감당키 어렵습니다. 게다가 반란을 일으킨 여섯 세력 중에서 둘은 제국과 국경을 맞대고 있어서 병력을 쉽게 뺄 수도 없을 것입니다."

"트로비치와 케인을 제외한 4개 세력만이 지원에 나섰을 겁니다. 트로비치와 케인이 합류했다 한들 소수에 그치겠지요."

"하고자 하면 가능할 것 같은데."

샤겔은 제 뜻을 거두지 않았다.

"사령관님의 말씀처럼 하고자 한다면 머릿수를 채울 수도 있겠으나 그렇게 모은 병력이 전력에 얼마나 도움이 되겠습니까. 도리어 군량만 축낼 것입니다."

샤겔도 자신이 말한 30만이라는 숫자가 말도 안 되는 것을 알고 있었다.

폐황제가
되었다

그럼에도 불구하고 30만이라는 숫자를 언급한 것은 그만한 이유가 있었다.

"남부 지역 반란군 놈들은 정상적인 놈들이 아니잖아. 미쳐도 단단히 미친놈들이야. 그런 놈들에게 이성적인 판단을 바란다는 것은 어리석은 짓이지."

"……."

"……."

정적에 휩싸인 사령관 막사.

샤겔이 지적한 '남부 지역 반란군은 미친놈들이다.'라는 말에 가신들은 반박할 수가 없었다.

하늘 신 교단으로 통합된 사대 교단이 저지른 짓은 상상을 초월했으니 말이다.

"흠, 확실히 정신 나간 놈들이긴 하지요."

"사령관님의 말씀을 듣고 보니 가능할 것 같기도 합니다."

"죄악의 돌을 만들겠다고 어린아이를 수백, 수천씩 죽이는 놈들이니, 남부 지역 백성들을 있는 대로 끌고 와서 희생양으로 삼는 것은 일도 아닐 것 같긴 합니다."

"그렇게 생각하면 어차피 죽을 놈들이라고 군량도 내주지 않을 가능성도 있겠군요."

샤겔은 가신들에게 말했다.

"정찰병을 더욱 늘리도록 해. 그리고 경비 초소에도 연락해서 무리해서 지킬 필요 없으니까. 위험하다고 판단되면 고민하지 말고 물러나게 하고."

"경비 초소를 내주게 된다면 아군이 점령한 일링 가문의 영
지도 내주어야 합니다."

샤겔도 이 문제에 대해서 고민이 많았다.

애써 힘들게 점령한 지역을 순순히 내준다는 것이 괜찮을지
말이다.

"아쉽긴 하지만 어쩔 수 없는 일이야. 폐하께서도 그리하라
명하셨으니까."

모리스 가문의 가신들이 아쉬움을 나타냈다.

"적의 병력이 많기는 하지만 점령한 지역을 내준다는 것이
마음에 걸립니다. 더구나 폐하께서 왕림하실 때 그래야 한다는
것은……."

샤겔이라고 어찌 마음이 편하겠는가.

황제가 직접 토벌군을 찾는 만큼 이왕이면 좋은 모습을 보
이고 싶은 것이 솔직한 심정이었다.

마음 같아서는 황제가 도착하기 전에 첫 번째 회전에 비견
되는 승리를 하고 반기고 싶었다.

"아쉽긴 하지만 지금으로선 어쩔 수 없지. 넨바 부사령관이
토벌 2군을 데리고 복귀한 상태라면 몰라도 말이야."

샤겔이 아쉬움을 나타내자 가신들은 눈을 마주치며 재빨리
수습에 나섰다.

자신들이 모시고 있는 샤겔이 어떠한 사람인지 파악한 상태

폐황제가
되었다

였기 때문이다.

그는 옆에서 기운을 북돋아 주고 칭찬을 아끼지 않아야 능력을 발휘하는 인물이었다.

토벌군에 합류한 넨바가 그것을 잘 보여 주지 않았던가.

모리스 가문의 가신들은 제국 최고의 기사라 손꼽히는 질링엄과 함께했던 만큼 능력도 능력이지만 눈치도 빨랐다.

당연히 가신들은 넨바가 어떻게 샤겔을 다루었는지 잘 알고 있었다.

"점령한 지역을 내준다는 건 아쉬운 일이긴 하지만 그곳에 있던 곡식은 모두 빼앗지 않았습니까. 그것만으로도 충분히 적에게 타격을 줬다고 할 수 있습니다."

"남부 지역에서 그나마 식량을 많이 생산하는 지역이 일링 가문이고, 그들의 영지 중 가장 옥토인 곳을 아군이 점령한 만큼 적은 분명 군량 문제로 골머리가 아플 것입니다."

"반란군 세력들이 지원군을 보내긴 했으나 군량까지 넉넉히 챙기기는 어려웠을 겁니다."

"애초에 남부 지역은 외부에서 식량을 조달하던 곳이었습니다. 가뭄이 끝나 사정이 나아졌다곤 하지만 식량이 그리 넉넉하지는 않을 것입니다."

모리스 가문의 가신들이 샤겔의 멘탈을 보살펴 주고 있을 때, 두 가지 소식이 동시에 전해졌다.

하나는 황제가 군영에 도착했다는 소식이었고 다른 하나는 적들이 토벌 1군 점령 지역을 공격하기 시작했다는 것이었다.

⚜

트라오 국왕은 사흘 전 육국의 지원군이 헬로스에 도착했을 때만 해도 얼굴에 웃음이 가득했다.

그러나 사흘이 지난 지금은 웃음보다는 걱정이 더 컸다.

15만에 달하는 육국의 지원군이 반갑기도 했지만 동시에 부담스러운 존재이기도 했다.

숫자가 너무 많았던 탓이다.

지원군이 많을수록 좋기는 하지만 그들을 관리한다는 것은 결코 쉬운 일이 아니었다.

병력 관리란 여러 가지 의미를 내포하고 있지만 한 가지만 제대로 해결하면 신경 쓸 필요가 없다.

바로 먹을 것.

병사들을 배불리 먹이기만 하면 병력 관리는 그리 어렵지 않다.

자연스럽게 사기도 높아지고 군기와 군율이 잡힌다.

트라오 국왕에게 걱정거리를 안겨 주고 있는 것은 바로 식량이었다.

"얼마나 버틸 수 있을 것 같나?"

일링 가문의 가신들 역시 얼굴이 수심으로 가득한 상태였다.

"지원군과 교단에서 보내 준 식량과 현재 아군이 보유한 식량을 합친다면 보름 정도는 버틸 수 있습니다."

"지원군 쪽에서는 따로 말이 없고?"

"트로비치와 케인 쪽에서 군량을 지원할 것이라는 말이 있긴 했지만 그 양이 얼마나 되는지 알 수가 없는 상황이고 언제 도착할지도 잘 모르겠습니다."

트라오 국왕은 깊은 한숨을 내뱉었다.

"후우, 그나마 군량만 축내는 것이 아니라는 것에 고마워해야 하는 건가."

각자의 노림수

육국 지원군은 지원군으로서 해야 할 일을 게을리하지는 않았다.

헬로스에 도착하고서 하루 휴식을 취하긴 했으나 이후로는 바삐 움직였다.

여기서 말한 '움직였다는' 의미는 아쉽게도 병력을 뜻하는 것이 아니다.

육국이 힘을 모아서 지원군을 보낸 것은 좋은 일이나 여러 곳에서 병력을 보내면 필연적으로 발생하는 문제가 있다.

병력 지휘권.

대군을 이끌고 전쟁을 치르기 위해서는 지휘권이 확립되어야만 한다.

군에서 지휘권이란 생살여탈권을 가지기에 누구든 욕심을 낼 수밖에 없었다.

지휘권 다툼은 처음에는 난전 양상을 보이다가 둘로 패가 나누어졌다.

가장 많은 병력을 파견한 벤포드와 제국의 침략을 받은 당사자인 신성국이었다.

하늘 신 교단에서 신성국이 침략을 받은 당사자이니만큼 당연히 병력 지휘권을 가져야 한다는 주장을 펼쳤다.

이치에 맞는 말이긴 했으나 지원군 쪽에서는 신관에게 대군을 맡길 수 없다며 반박했다.

육국 중에서 가장 강력히 신성국에 반대한 것은 트로비치였다.

귀족 연합을 도울 당시에 신관들이 무슨 짓을 저질렀는지 누구보다 잘 알고 있었기 때문이다.

트로비치가 여론몰이에 나서자 신성국에서는 신관이 아닌 트라오 국왕을 전면에 내세웠다.

트라오 국왕이라면 대군을 지휘할 능력을 충분히 갖추고 있었기에 지원군 쪽에서도 이렇다 할 반박이 없었다.

그러나 이치가 맞고 자격이 충분하다고 지휘권을 순순히 내줄 리가 만무했다.

트라오 국왕은 한시라도 빨리 침략군을 자신의 영지에서 밀어내고 싶었기에 과감하게 지휘권을 벤포드에게 넘겨주었다.

지휘권 문제가 해결되자 육국 지원군이 본격적으로 움직이기 시작했다. 곧바로 전투에 들어간 것은 아니나 정찰병을 통해 정보 수집에 들어갔다.

　침략군이 만든 경비 초소와 요충지에 세워 놓은 임시 요새를 파악하고, 군영까지 확인한 뒤에 본격적으로 병력을 움직였다.

　육국 지원군이 헬로스에 도착한 지 엿새째 되는 날에 침략군에 대한 반격이 시작된 것이다.

　침략군이 세운 경비 초소가 곳곳에 요충지마다 자리를 잡고 있었으나 15만에 달하는 대군이 있다면 손쉬운 먹잇감에 지나지 않았다.

　육국 지원군은 병력을 나누어 동시에 열 곳의 경비 초소를 공격해 무너트렸다.

　이것은 시작에 불과했다.

　임시 요새도 육국 지원군에 의해 불타 없어져 버리면서 침략군에게 빼앗겼던 헬로스 서쪽을 조금씩 되찾아 나갔다.

　"별다른 전투가 없었다고 했었지?"

　"초소에 있던 적들이 지원군의 공격이 시작되자 쏜살같이 물러났다고 합니다."

　아군의 전력에 놀라 물러났음은 물론이고 빼앗긴 영지까지 되찾았음에도 트라오 국왕의 얼굴은 어둡기만 했다.

"애써 세운 초소와 요새도 그렇고 점령한 지역까지 순순히 내주었다는 것은 원하는 것을 얻었다는 뜻이겠지."

트라오 국왕의 말에 가신들의 표정이 어두워졌다.

적들이 얻은 것이 무엇인지 굳이 설명하지 않아도 알고 있었기 때문이다.

헬로스 서쪽 평야 지대는 일링 가문 영지 내에서 가장 식량 생산량이 높은 곳에 속했다.

평야 지대가 그리 넓지는 않았으나 단위 면적당 식량 생산량이 영지 내에서 첫손가락에 꼽히는 곳이었다.

일링 가문은 제국의 침략 소식을 전해 듣고서 수확을 서둘렀지만 모두 거두어들이지 못했다.

절반 이상은 그대로 농지에 남아 있었다.

더욱 뼈아픈 사실은 농지에 있던 식량이 적의 손에 고스란히 넘어갔다는 것이다.

수확하지 못할 것 같았으면 모조리 불태워 버렸을 것인데.

교단에서 얼음방패성 인근 들판으로 병력을 모아 회전을 준비하는 것을 보고 수확할 시간이 충분하다고 판단해 버렸다.

급조된 병력이긴 했으나 적보다 숫자가 많았기에 압도하지는 못하더라도 엇비슷하게 싸워 줄 것으로 보았다.

교단에서 보낸 병력이 침략군과 맞서 싸우는 동안 곡식을 수확하고 전력을 정비하려고 했던 일링 가문.

그러나 인생이라는 것이 어디 계획대로 흘러가던가.

첫 번째 회전에서 신성국은 대패했고 승리한 침략군은 기세를 타고 빠르게 일링 가문의 영지로 밀고 들어왔다.

그로 인해 헬로스 서쪽 평야에 있었던 곡식을 적에게 온전히 넘겨줄 수밖에 없었던 것이다.

일링 가문으로서는 속이 쓰리다 못해 이가 갈릴 일이었다.

"적들에게 식량을 빼앗긴 것은 분명 아쉬운 일입니다만 꼭 아쉬운 점만 있는 것은 아니지 않습니까."

"첫 회전에서 승리했다는 자신감으로 인해 황제가 전선으로 나서지 않았습니까."

"적에게 방심을 유도했다는 측면에서 보자면 이전의 패배가 뼈아픈 것만은 아닙니다."

"그리고 실질적으로 보면 왕부의 타격은 얼마 되지 않습니다. 적에게 내준 것은 모두 교단이 관리하던 곳이었으니까요."

"아군 전력은 멀쩡할 뿐만 아니라 정비를 마쳤기에 그 어느 때보다 강력하다고 할 수 있습니다. 여기에 육국 지원군까지 함께하는 만큼 승기는 아군에게 있는 것이나 마찬가집니다."

트라오 국왕은 가신들의 의견에 굳어 있던 얼굴이 풀어졌다.

"일단 군량이 급한 만큼 비상 창고를 개방하도록 하게."

비상 창고에 있는 식량은 그야말로 비상 상황에 사용하기 위해 준비해 놓은 것이다.

이를 사용한 후에 다시 한번 식량 문제가 발생하게 된다면 일링 가문에게는 뒤가 없었다.

가신들은 잠시 망설였으나 고개를 조아렸다.

"빠르게 식량을 공급하도록 하겠습니다."

"다들 힘을 내도록 하게. 자네들 말처럼 나 또한 승기가 아군에게 있다고 보니 말이야. 무엇보다 황제가 겁도 없이 전선에 나오지 않았나. 황제만 사로잡는다면 지긋지긋한 전쟁도 끝날 테니까."

트라오 국왕은 자리에서 일어났다.

비상 창고를 사용하기로 했다면 시간을 끌어서 좋을 것이 없었다.

"교단에서 나온 분들은 어디에 있나?"

트라오 국왕은 가신들에게 물어 교단에서 보낸 지원군을 찾아갔다.

토벌군 황제의 막사.

황제가 근위 기사단을 이끌고 합류하자 토벌군 군영에 변화가 일어났다.

황제의 보호하기 위해 병력은 물론이고 군영 배치까지 바꿔 버렸다.

혹여 적의 기습이나 야습이 있더라도 쉽사리 뚫지 못하도록 겹겹이 방어막을 둘러친 것이다.

간단히 표현해 보자면 군영 안에 군영이 하나 더 마련된 것이라 보면 된다.

굳이 표현해 보자면 황제의 군영이라 말할 수 있을 것이다.

토벌군에 속한 병사들이라 할지라도 근위 기사단 허락 없이는 황제의 군영으로 들어갈 수 없을 정도로 경비가 삼엄했다.

황제의 군영을 편히 드나들기 위해서는 최소한 기사나 귀족 작위 정도는 있어야 할 정도였다.

토벌군 병사들은 황제의 군영을 지키는 병사들을 바라보았다.

"쟤들은 뭐냐?"

동료의 말에 토벌군 소속의 병사가 근위 기사단 병사들을 천천히 뜯어 보았다.

"쟤들이 왜?"

"우리랑 같은 병사들이잖아. 그런데 왜 이렇게 있어 보이는 거지?"

"있어 보인다고?"

"잘 보란 말이야. 뭔가 다른 것 같잖아. 딱 꼬집어 말하긴 어려운데. 왠지 멋있어 보인단 말이지."

"근위 기사단이라고 하는 말 때문이 아닐까. 그리고 황제 폐하를 지켜야 하는 애들이잖아. 당연히 어깨에 힘이 들어갈 수밖에 없지."

"폐하를 지킨다는 자부심 때문이라는 건가?"

"너라면 안 그러겠냐? 더구나 폐하께서 직접 전장에 나오셨잖아. 폐하를 호위하는 병사들로서는 뿌듯함이 생길 수밖에 없지."

"나중에 나도 저기에 들어가 볼까?"

"그게 쉽겠냐? 더군다나 근위 기사단은 제국군 전체에서 고르고 고른다잖아. 저기 입구를 지키는 병사들도 엄청난 놈들일걸?"

"우리 정도면 되지 않을까? 밑에 있는 애들만 해도 50명이잖아."

휴식 시간을 가지고 있던 토벌군 소속 두 병사가 근위 기사단을 평가하고 있을 때였다.

토벌군 군영 남쪽이 시끄러워지기 시작했다.

두 병사는 적이라도 나타났나 싶어서 서둘러 막사로 달려가 무기를 챙겼으나 이내 긴장감이 풀어졌다.

"어휴, 정신 나간 광신도 놈들이 여기까지 온 줄 알았네."

"나도 적인 줄 알았어."

"괜히 긴장한 것 같아. 사실 적들이 여기까지 온다는 건 말이 안 되잖아."

"폐하가 계셔서 우리도 모르게 긴장하고 있었나 봐."

"하긴 폐하께서 오신 것을 적들도 알고 있을 테니까."

"아마도 폐하를 노린다고 눈을 벌겋게 뜨고 있을지도 몰라."

"그러고도 남을 놈들이잖아. 광신도인 것도 모자라 반역을 한 놈들이잖아. 다른 반역자들도 문제이긴 하지만 여기 놈들은 특히 더 지독하지."

두 병사는 누구랄 것 없이 이를 갈았다.

"하늘 신 교단 놈들을 이참에 모조리 없애 버려야 해."

"당연하지. 그놈들은 살아 있는 것 자체가 죄악인 쓰레기 같은 것들이니까. 어! 저기 왔다."

하늘 신 교단을 향해 증오를 드러내던 병사가 손으로 황제의 군영에 들어가는 자들을 가리켰다.

"부사령관님이 일찍 도착해서 다행이야."

"이러면 우리 토벌군이 완전체가 된 거잖아."

"텔름을 지켜야 해서 안 올 줄 알았는데, 어쨌든 왔으니 다행이다. 이렇게 되면 숫자에서도 밀리지 않을 것 같은데."

"야! 숫자가 무슨 상관이냐. 너 근위 기사단이랑 같이 온 마법 대포 못 봤냐? 그게 있는데. 무슨 숫자 타령이야."

근위 기사단과 함께 줄지어 토벌군 군영에 들어온 마법 대포는 그야말로 장관이었다.

마법 대포를 본 토벌군 병사들은 환호성을 내질렀는데, 그리 이상한 일이 아니었다.

황제와 근위 기사단이 가져온 마법 대포가 100문에 달했으니까.

"맞아. 2군까지 복귀했으니까. 이렇게 되면 마법 대포만 제대로 쏴도 반란군 놈들을 모조리 쓸어 버릴 수 있겠다."

"반란군뿐만 아니라 헬로스까지 쑥대밭으로 만들 수 있지."

"아예 오틀라스에 있는 하늘 신 교단 신전에다 쐈으면 좋겠다."

"이번에 잔뜩 몰려든 반란군 놈들을 족친 다음에 가면 되지. 세네빌에도 아군이 있잖아. 걔들이랑 같이 합쳐서 마법 대포를 오틀라스에 쏟아부으면 엄청날 것 같지 않냐?"

"말만 들어도 닭살이 돋는다."

마법 대포를 활용한 전투 경험이 가장 많은 자들이 샤겔이 이끄는 토벌군이었다.

자주 접해 본 만큼 다른 누구보다도 마법 대포에 대한 신뢰가 높았다.

"연락을 주셨으면 응당 제가 찾아뵀을 것인데요."

트라오 국왕을 반긴 것은 사실 중반은 되었을 것 같은 성기사였다.

"하늘 신의 신도로서 의장님을 찾아뵙는 것이 무엇이 어렵겠습니까."

새벽하늘 기도회가 겔론이 교황이 되면서 양지로 나왔다곤 하지만 결사대로서의 성격까지 달라지진 않았다.

결사대의 성격이란 과격함을 말한다.

"전하께서는 참으로 신실하십니다. 성하께서도 전하의 신앙심은 뭇 신도들이 본받아야 할 것이라 하셨는데. 어찌 그런 말씀을 하셨는지 이렇게 만나 뵙고 나니 알 것 같습니다."

"성하께서 저를 높게 평가해 주시는 것이지요. 저는 여느 신도들과 크게 다를 것이 없습니다."

성기사의 정체는 새벽하늘 기도회 의장이었다.

젤론이 교황의 자리에 오르면서 의장 자리를 심복에게 물려 준 것이다.

새벽하늘 기도회의 성격이 이전과 같다고는 하지만 역할까지 그대로인 것은 아니었다.

교황의 호위와 죄악의 돌에 관한 모든 일을 총괄하고 있었다.

즉, 현재 트라오 국왕과 마주 앉아서 이야기를 나누고 있는 성기사가 죄악의 돌은 물론이고 죄악 징벌관에 관한 모든 것을 실질적으로 이끌어 가고 있었다.

"신도가 아니라 신관과 저와 같은 성기사들도 전하께 가르침을 받아야 할 것 같습니다."

"이러다가는 제가 고개를 들 수 없게 될 것 같군요."

새벽하늘 기도회 의장이자 교황 호위대 부대장인 성기사가 웃음을 터트렸다.

"하하하, 전하께서 그리 말씀하신다면 이쯤에서 그만두어야겠군요. 그것보다 이렇게 직접 찾아 주신 것으로 보아서는 중요한 일인 것 같은데요."

"앞으로의 일을 논의하고자 찾아뵈었습니다."

"앞으로의 일이라면 침략군에 대한 것이겠군요. 그것이라면 염려하실 필요가 없을 것 같습니다. 육국 지원군이 나서서 빼앗겼던 전하의 영지를 되찾고 있지 않습니까."

"제가 논의하고 싶은 것은 육국 지원군이 아닌 교단의 전략입니다."

"우리가 꼼짝도 하지 않아 의아해하셨던 모양이군요."

"그뿐만 아닙니다. 교단의 지원군 규모로 보자면……."

의장은 트라오 국왕의 말을 더 듣지 않고 답했다.

"병력 지원이 하나도 없었다는 점에서 실망하셨던 모양이군요. 이에 대해 제가 자세히 설명해 드리도록 하겠습니다."

"아니요. 제가 실망하긴 했으나 그 이유가 병력의 규모 때문은 아닙니다. 저는 교단의 목표가 황제임에도 불구하고 지금까지 이렇다 할 움직임이 없다는 사실에 의아함을 여기고 찾아온 것입니다."

트라오 국왕의 말에 의장이 웃으며 말했다.

"아군인 전하께서도 우리 움직임을 파악하지 못하셨다면 적 역시도 전혀 아는 바가 없겠군요."

"움직이셨다니요?"

"전하께서 예상하신 것처럼 우리의 목표는 황제입니다. 그렇기에 가용할 수 있는 징벌관과 심판관을 모조리 데려온 것이지요."

트라오 국왕은 고개를 갸웃거렸다.

"모조리 데려오셨다면?"

"오틀라스를 지켜야 할 자들을 제외하고는 전부 데려왔다는 것입니다."

"그러기엔 숫자가, 아! 설마 따로 움직이고 있는 것입니까?"

"맞습니다. 적들도 우리의 움직임을 파악하고 있을 테니까요."

"그러면 그들은 어디에 있는 겁니까?"

"얼음방패성을 목표로 움직이고 있었지만 황제가 전선에 나서는 바람에 현재 계속 몸을 숨기고 있는 상태입니다."

"숨겨 놓은 별동대가 있다면 야습이나 기습을 노리는 것이 어떻겠습니까?"

의장이 고개를 흔들었다.

"아니요. 어설프게 나섰다가는 황제가 겁을 집어 먹고 물러날 수도 있습니다. 확실한 기회를 노려야지요."

트라오 국왕은 아쉬움을 나타냈다.

"황제가 전선에 나왔다는 것이 도리어 악재가 되었군요."

"황제가 전선에 나선 만큼 경계가 삼엄해지는 것은 당연한 일 아니겠습니까."

"차라리 얼음방패성에 틀어박혀 있었다면 후방이라고 방심이라도 했을 것인데."

"꼭 나쁜 것만은 아닙니다. 황제가 전선에 나섰다는 것은 분명 우리에게 기회가 될 것입니다. 일단 전투가 치열해지면 함부로 발을 빼기 힘들 테니까요."

"무슨 말씀인지 알겠습니다. 그렇다면 저와 육국 지원군은 적과 치열하게 싸워야 하겠군요."

"그렇습니다. 한 치 앞도 내다보기 어려울 정도로 치열해질 수록 좋은 일이지요."

"일방적으로 몰아붙여서도 아니 되겠군요."

"황제를 잡을 때까지는 적당히 해 주셔야 합니다. 그리고 저는 황제에게 전념할 생각입니다."

"의장께서 직접 나서신단 말씀이십니까?"

"저 또한 징벌관들 중 하나입니다. 당연히 황제 사냥에 나서야지요."

트라오 국왕이 눈을 동그랗게 떴다.

"의장께서 징벌관이 되셨단 말입니까?"

"하늘 신의 축복으로 인해 무사히 징벌관이 될 수 있었습니다."

"그런데 의장께서 황제 사냥에 나서신다면 회전에서는 발을 빼신다는 것인데, 그렇게 된다면 아군은 적의 마법에 그대로 노출되지 않습니까."

"그것이라면 걱정하실 필요 없습니다. 황제 사냥에 나서는 자들은 저와 같은 성기사 출신 징벌관들뿐입니다. 신관 출신 징벌관과 심판관은 지원군에 합류해 적의 마법에 대응할 것입니다."

트라오 국왕이 말한 심판관의 본래 명칭은 죄악 심판관이다.

죄악 징벌관과 비슷하면서도 달랐다.

죄악의 돌을 사용한다는 점에서는 같으나 징벌관처럼 몸에 죄악의 돌을 심지는 않았다.

심판관은 죄악의 돌을 목에 걸고 양손으로 움켜잡고서 힘을 사용한다.

징벌관처럼 강력한 힘을 발휘하지는 못하나 죄악의 돌만 충분하다면 숫자를 얼마든지 늘릴 수 있다는 장점이 있었다.

여하튼 새벽하늘 기도회 의장은 왕궁에 대기하고 있던 성기사 출신 징벌관들과 함께 은밀히 헬로스를 벗어났다.

트라오 국왕은 의장이 움직이자마자 육국 지원군 지휘부를 찾아가 침략군을 끌어내 회전에 나서야 한다고 주장했다.

하늘 신 교단이 교황 호위대 부대장이자 새벽하늘 기도회 의장과 트라오 국왕이 황제 사냥이라는 큰 목표 아래 정신 없이 움직이고 있을 때, 익스는 토벌군 주요 인사들과 함께하고 있었다.

"경비 초소 27개와 임시 요새 4개가 모두 파괴됐습니다. 이로써 아군이 점령했던 곳을 그대로 내준 것이나 마찬가지라 보시면 됩니다."

토벌군 참모의 보고에 샤겔이 조심스럽게 익스의 눈치를 살폈다.

"초소와 요새가 적에게 쉽게 파괴된 것은 소장이 공연히 전투에 휘말리지 말고 물러나라는 명령을 내렸기 때문입니다."

혹여나 경비 초소와 요새 상실을 패배로 받아들이면 어쩌나 싶어서였던 것이다.

'잘하는 것 같더니.'

샤겔이 과거와 많이 달라졌다곤 하지만 그가 가진 고질적인 문제는 여전한 것 같았다.

샤겔의 문제는 너무나도 위대한 아버지 질링엄에게서 비롯된 것이라 할 수 있었다.

평생을 아버지의 눈치를 보며 살아왔기에 결정적인 순간에 결단을 미룬다는 것이다.

중요한 결정을 앞두고 자신보다 높은 누군가에게 허락을 받아야 한다는 강박이 있었다.

이러한 문제를 넨바를 통해 해결해 주었던 익스였다.

기를 세워 주고 샤겔로 하여금 넨바를 '황제의 전언자'이라는 인식을 심어 주었다.

누군가에게 허락을 받아야 한다는 것을 아버지 질링엄에서 황제의 명령을 받은 넨바로 대체해 준 것이다.

폐황제가
되었다

익스의 '샤겔 개조 계획'은 성공적이라 할 수 있었다.

토벌군을 훌륭하게 이끄는 것으로 증명된 것이나 마찬가지였다.

'눈치를 보긴 해도 할 말은 하는 것을 보니. 그나마 좋아지긴 했네.'

익스가 특별한 표정 변화 없이 담담히 고개를 끄덕이자 샤겔은 안심이 되었는지 편히 말을 이어 나갔다.

"점령지를 다시 빼앗겼지만 목표했던 군량 타격은 달성한 것으로 보입니다."

"점령한 농지에 남아 있던 농작물을 꾸준히 거두어들이고 있다는 보고를 받긴 했지. 남아 있는 것은 어떻게 했나?"

"농지에 남은 농작물이나 미처 가져오지 못한 것은 모조리 불태워 버렸습니다."

"놈들에겐 뼈아픈 일이겠군."

"초소와 요새에 있던 병사들은 무작정 물러나지 않고 일부 남아서 정찰 임무를 수행했습니다. 그들이 살핀 바에 따르면 초소와 요새를 파괴하기 전에 적들이 식량을 이 잡듯이 수색했다고 합니다."

샤겔이 마지막 말을 하면서 입가에 미소를 그렸다.

이는 익스도 마찬가지였다.

"식량 사정이 생각했던 것보다 더 안 좋은 모양이군."

"전황이 열세일 때 지원군이 존재는 큰 힘이 될 것이나 그 숫자가 예상을 뛰어넘을 정도로 많다면 생각지도 못한 문제를 불러일으킬 수도 있지 않겠습니까."

샤겔에게 단점이 있긴 하지만 그래도 아버지 질링엄 곁에서 보고 자란 것을 무시하긴 어려웠다.

'보는 눈은 있다는 거지.'

샤겔의 지적처럼 갑작스레 십수만의 지원군이 들이닥치면 군량 문제가 발생할 수밖에 없다.

"군량이 부족하면 적들은 최대한 빨리 결판을 내려 할 것입니다."

"애써 되찾은 곳인데 병력도 배치하지 않고 물렸어. 우릴 밖으로 끌어내고 싶다는 뜻이겠지."

익스와 샤겔이 전략 회의를 주도해 나가고 있을 때, 참모 중 하나가 조심스럽게 끼어들었다.

"최근 적들이 기병을 이용해 군영에 가까운 경비 초소까지 다가와 살피고 있습니다."

"적의 반응을 살피기 위해서 정찰대를 내보내면 일정 거리를 유지하면서 물러났습니다."

"정찰대의 보고에 의하면 적의 움직임이 마치 유인하려는 것 같다고 합니다. 더욱 이상한 점은 적들이 유인한 지역은 탁 트인 들판이라 매복 같은 걸 할 수도 없는 지형이었다는 것입니다."

"이러한 움직임으로 보자면 적은 아군과의 회전을 생각하고 있는 것 같습니다."

회전이 언급되자 전략 회의 참석자 대다수가 자신감을 드러냈다.

"회전이라면 받아들이시지요."

"폐하의 근위 기사단과 토벌 2군이 합류하면서 현재 아군이 보유한 마법 대포가 200문에 육박할 정도로 늘어났습니다."

강력한 파괴력과 월등한 사거리를 자랑하는 마법 대포는 회전에서도 강력한 힘을 발휘한다.

오죽하면 요즘 제국에서 마법 대포만 지키면 어떠한 전쟁에서도 승리할 수 있다고 할까.

실제로 군부에서 마법 대포를 적극적으로 활용하는 전략 전술을 고안하고 연구하는 중이었다.

그리고 그들 역시 비슷한 결론에 도달했다.

적들이 마법 대포와 같은 무기를 만들어 내기 전까지는 전쟁의 중심이 마법 대포가 될 것이라고 말이다.

"200문에 달하는 마법 대포가 다 같이 공격한다고 생각해 보십시오."

"확실히 위력적이지요."

"200문의 마법 대포가 두세 번만 공격해도 반란군은 큰 피해를 입을 것입니다."

물론 참모 중에서 신중하게 접근하는 자들도 있었다.

"마법 대포가 위력적이긴 하지만 반란군에는 광신도들이 만든 죄악의 돌이 있지 않습니까."

"이미 한번 마법 대포에 당했던 자들입니다. 바보가 아닌 이상에야 대비책을 마련해 두었을 겁니다."

"정찰대가 살펴본 바에 따르면 적 진영에서 광신도들이 드물지 않게 눈에 띄었다고 했습니다."

익스는 참모들의 의견을 흘려듣지 않았다.

"좋은 지적이야. 반란군과 광신도 놈들이 확실히 바보는 아니지. 그리고 아군을 상대로 회전을 유도한다는 것은 그만큼 자신이 있다는 뜻일 테고. 그 자신감은 징벌관과 심판관을 대동한 것에서 나오는 것이라 봐야겠지."

지금까지 경청만 하던 넨바가 끼어들었다.

"징벌관과 심판관이 있더라도 마법 대포의 포탄을 모두 막아 내지는 못할 겁니다. 소장은 그것보다 폐하께서 전에 말씀해 주셨던 새로운 징벌관이라는 존재가 더욱 걱정됩니다."

하늘 신 교단에서 새로운 징벌관, 그러니까 신관이 아니라 성기사 출신의 징벌관을 만들어 냈다는 것을 꼭꼭 숨기고 있었으나 익스는 이미 그들의 존재를 알고 있었다.

"성기사 출신 징벌관이라면 지금까지의 징벌관 대응 전술이 쓸모없어질 수도 있겠지만 짐이 생각하기에는 그리 걱정할 필요가 없을 것 같군."

전략 회의에 참석한 자들의 익스의 말에 집중했다.

언제나처럼 황제가 기가 막힌 해결책을 내줄 것이라 믿고 있었기 때문이다.

그러나 이번엔 해결책과는 거리가 멀었다.

"광신도 놈들은 짐을 노릴 테니까."

황제 사냥

죄악 징벌관이 난전에서 속수무책으로 당하자 이를 해결하고자 하늘 신 교단은 성기사 출신의 죄악 징벌관을 만들어 냈다.

죄악 징벌관이 성기사나 병사들에게는 엄청난 힘을 전달하지만 정작 자신을 보호하지 못한다는 문제를 극복해 낸 것이다.

신관이 아닌 성기사라면 자신을 보호할 수 있을 것이라는 계산에서 나온 나름의 해결책이라 할 수 있었다.

원작 포킹덤에서도 신성국은 성기사 출신의 죄악 징벌관을 만들어 내 위기에서 일시적으로 돌파구를 찾아낸다.

신관 출신 아닌, 성기사 출신의 죄악 징벌관이 등장하자 적들도 당황하여 한동안 제대로 된 대처를 하지 못하면서 큰 피해를 보고 만다.

만약 신성국 토벌에 나선 제국군과 토벌군(모리스군)이 이러한 사실을 알지 못하고 전투에 나섰다면 큰 낭패를 보았을 것이다.

죄악 징벌관을 직접 공격했음에도 쉽게 쓰러지지 않는다면 우왕좌왕할 것이고, 그러는 동안 징벌관에게 힘을 받은 자들이 날뛸 것이니 말이다.

원작 포킹덤에서는 신성국의 적들이 바로 이런 식으로 무너졌었다.

그러나 현재 제국에는 포킹덤을 완독한 존재가 황제의 몸에 들어가 있는 상태다.

신성국에서 성기사 출신의 죄악 징벌관을 언제고 만들어 낼 것이라 예상한 상태였고, 그에 대한 대책도 마련되어 있었다.

사실 대책이라는 것은 그리 거창하지 않다.

성기사 출신이라 할지라도 죄악 징벌관이 자신을 보호할 수 없는 것은 여전히 마찬가지였다.

신관 출신의 죄악 징벌관에 비해 죽이기 조금 어려워졌을 뿐이다.

당황하지 않고 공격에 나선다면 얼마든지 제압할 수 있다.

피해는 이전에 비해 크겠지만.

원작에서도 신성국은 성기사 출신의 죄악 징벌관으로 일시적으로 위기를 벗어나긴 했으나 전세를 역전시키지는 못하고

멸망의 길로 접어들었다.

———❦———

샤젤을 비롯한 토벌군 고위 지휘관들이 물러난 뒤에 사나운
도끼가 막사 안으로 들어섰다.

"엄청 시끄럽던데."

익스는 사나운도끼를 향해 미소를 지으며 답했다.

"밖까지 들린 모양이군요."

"들린 정도가 아니야. 나 말고도 여럿이 들었으니까."

"나름 중요한 이야기였는데, 밖으로 전부 새어 나갔군요.
앞으로 주의해야겠습니다."

"동시에 여럿이서 소리치는 통에 자세히 무엇 때문인지는
듣지는 못했지. 그리고 막사 경비는 우리와 근위 기사단이 맡
고 있지 않나. 엉뚱한 곳으로 새어 나가는 일은 없을 것이네."

"다들 목청을 높여 듣기 어려웠을 것 같긴 합니다."

"내가 정확히 듣지는 못했지만 황제가 무슨 이야기를 했는
지는 대충 짐작이 가."

"짐작하신다고요?"

"저들이 저리 목소리를 높일 때는 대게의 경우 황제가 위험
을 무릅쓸 때였으니까."

익스가 혀를 내둘렀다.

"우리 내부 사정을 너무도 잘 알고 계신 것 같습니다."

사나운도끼는 오랫동안 익스를 옆에서 지켰던 만큼 이종족 중에서 제국의 사정에 가장 정통했다.

"황제 곁에 있었던 시간이 얼마인데, 모르고 싶어도 모를 수가 없지. 내 짐작이 맞나?"

"정확히 보셨습니다. 이번에 잔뜩 몰려온 징벌관들에 대해 이야기를 꺼내자 저리 시끄러워진 것이지요."

사나운도끼가 당연하다는 얼굴로 답했다.

"그 징벌관들이 황제를 노리고 숨어 있는 상태라면 당연히 놀랄 수밖에 없지. 더구나 징벌관 이야기가 나왔다면 황제가 그들을 처리할 것이라는 것도 이야기했을 것이 아닌가."

"자세히는 말하지는 않았으나 그림자 기사단과 함께 움직이기로 했다는 것은 알렸습니다."

"차라리 이참에 정령에 대해 알리는 것이 어떻겠나. 우리야 황제가 정령을 다룬다는 것을 알기에 미끼가 되는 것을 이해한다지만 다른 자들은 그게 아니지 않은가."

"정령은 아직 인간에게 낯선 존재입니다. 더구나 눈에 보이지도 않아서 쉽게 믿기 힘들 것이고요."

"그래도 매번 이렇게 시끄러워지는 것보다는 나을 것 같은데 말이야."

"정령의 존재를 알린다면 한동안 조용해지겠지만 나중에 다시 위험해서 안 된다고 할 것입니다."

"황제가 다루는 정령의 힘이 비록 무적이라 하지는 못하겠지만 어떠한 적을 만나도 안전하게 물러날 수는 있지 않은가."

"인간이라는 존재가 원래 그렇습니다. 익숙한 것은 당연하게 여기는 경우가 있거든요."

"당연하게 여긴다니, 나로선 이해하기 어렵군."

"쉽게 설명하자면 그림자 기사단을 들 수 있습니다. 예전엔 그림자 기사단이 함께한다고 하면 다들 고개를 끄덕이면서 안심했을 겁니다. 하지만 지금은 다르죠."

"음, 그렇게 말을 하니 대충 이해가 되긴 하는군. 확실히 그런 경우가 있긴 하지. 자신의 것을 과대평가하는 때도 있지만 반대로 지나치게 과소평가하는 경우도 있긴 하니까."

"물론 제가 황제인지라 신하들이 지나치게 불안해하는 것도 없지 않아 있습니다."

"그런데 말이야. 막사 안에 있던 인간들이 시끄럽다가 한순간에 조용해졌었지. 그렇다는 것은 황제가 그들을 설득했다는 것인데, 어떻게 한 건가?"

사나운도끼의 말은 아직 끝난 것이 아니었다.

질문을 던지고서 곧바로 서운한 표정으로 지으며 말을 이었다.

"혹시 말일세. 마티엔을 언급해서 설득한 것이라면 무척 서운할 것 같군. 마티엔의 마법이 대단한 것은 분명한 사실이지만 우리도 그에 못지않아. 징벌관 놈들이 이상한 힘을 쓰긴 하지만 우리만으로도 충분하네."

지금까지 익스가 위험한 일을 자처할 때마다 꽃놀이패처럼 사용한 것이 마티엔이었기 때문이다.

익스는 고개를 흔들었다.

"마티엔을 언급해서 설득한 것이 아닙니다. 여기서만큼은 마법이 큰 힘을 발휘하지 못한다는 것을 모두 잘 알고 계시지 않습니까."

신성국 토벌에 있어서 마티엔은 더는 꽃놀이패가 아니었다.

죄악 징벌관이 마법을 무효화시키니 말이다.

"하긴 마티엔의 마법이 소용없다는 것을 인간들도 모르지 않을 테니까."

"그리고 저뿐만 아니라 제국의 신하들은 그림자 기사단에 대한 믿음이 확고합니다."

익스의 칭찬에 사나운도끼의 표정이 다시 밝아졌으나 이내 의아함을 나타냈다.

"마티엔이 아니라면 도대체 어찌 설득한 것인가?"

"죄악 징벌관의 힘을 제압하는 방법을 알려 주었습니다."

"죄악 징벌관을 제압하는 방법이라고 하면 죄악의 돌을 품고 있는 자를 재빨리 처리하는 것이 아닌가. 인간들 역시도 이미 알고 있는 사실이라 그것만으로는 설득하기가 쉽지 않았을 텐데."

"제가 얼마 전에 말씀드린 것을 기억하고 계십니까?"

사나운도끼가 미간을 살짝 좁히며 기억을 더듬었다.

"음, 황제의 말이라면 정령을 이용해 숨어 있는 징벌관을 찾아냈을 때를 말하는 것 같군."

"맞습니다. 그때 놈들을 잡아 오겠다며 나서시는 것을 제가 만류하지 않았습니까."

"나중에 한꺼번에 잡자고 했었지."

익스는 징벌관이 비교적 안전한 성이나 군영이 아닌 야전으로 나와 몸을 숨기고 있다는 사실을 보고받고 하늘 신 교단에서 성기사 출신의 징벌관을 이번에 투입했다는 것을 알아차렸다.

예상했던 일임과 동시에 바라던 바였기에 익스는 이를 크게 반겼다.

"그러면서 제가 한마디를 덧붙였지요."

사나운도끼가 생각에 잠기는 듯하다가 순간 눈을 번뜩 치켜떴다.

"징벌관을 손쉽게 처리할 수 있다고 했었지."

"기억하고 계시는군요."

"난 그 말을 징벌관 놈들을 함정에 빠트려 제압하는 것으로 해석했었지. 그런데 그것이 아니었던 모양이야."

"징벌관을 완전히 무력화시킬 방법이 있지요."

사나운도끼는 크게 기뻐하다가 다시 의문에 빠졌다.

징벌관을 무력화시킬 방법이 있었다면 어째서 지금까지 가만히 있었던 것일까?

'설마 또 태양 신에게?'

<hr />

헬로스와 얼음방패성 사이에는 여우숲이라 불리는 커다란 숲이 하나 있었다.

이렇게 말한다면 제국군(황제와 토벌군) 군영과 비슷하다고 여길 수도 있겠으나 여우숲은 제국군 군영 아래에 자리했다.

그러니까 여우숲 북쪽 끝자락이 제국군 군영에 가깝다고 보면 된다.

여우숲이라는 이름은 숲에 들어서면 심심치 않게 여우와 마주하기 때문이기도 했지만 가장 큰 이유는 일링 가문의 문양 때문이었다.

일링 가문은 가문의 문양에 새겨진 여우 2마리 때문인지 여우숲에 많은 관심을 쏟았다.

개발하는 것이 아니라 가문의 성지로 삼아 함부로 드나들 수 없도록 했다.

여우숲은 일링 가문의 영지에만 속해 있는 것이 아니라 여러 영지는 물론이고 과거(제국에게서 독립하기 전)엔 황실 직할령에도 걸쳐져 있었다.

몇몇 이들은 일링 가문이 여우숲을 가문의 성지라 주장하는 것이 영지 분쟁의 명분을 얻고자 하는 음모라고 말했으나 실질적으로 여우숲을 두고 분쟁이 일어난 적은 지금까지 한 번도 없었다.

하지만 일링 가문에서 일관되게 가문의 성지라 주장하자 남부 지역 사람들은 여우숲이라는 말만 들으면 자연스럽게 일링 가문을 떠올렸다.

그리고 이런 노력은 신성국이 제국에서 독립하게 되자 빛을 발휘한다.

거대한 여우숲을 일링 가문의 것으로 인정받은 것이다.

여하튼 남부의 강자 중 하나였고 지금은 독보적인 위치에 오른 일링 가문의 성지에 누가 함부로 발을 들여놓을 수 있겠는가.

여우숲은 일링 가문의 성지가 되면서부터 사람들의 발길이 뚝 끊어졌다.

덕분에 여우숲은 동물들에게 천국이나 다름없는 곳이 되었다.

그러나 오랫동안 평화를 누려 왔던 여우숲의 동물들에게 시련이 찾아왔다.

오랫동안 보이지 않았던 인간들이 대거 여우숲에 발을 들여놓았고 사냥에 나섰다.

여우숲의 최상위 포식자였던 여우가 침입자들을 향해 이빨을 드러냈지만 결과는 참혹했다.

여우숲의 최상위 포식자마저 한낱 사냥감으로 전락해 버린 것이다.

◦◦◦◦◦

여우숲에 듬성듬성 있는 공터는 평소라면 동물들의 휴식처가 되었겠지만 지금은 사람들로 가득 채워진 상태였다.

대충 살펴보아도 100명은 넘을 것 같았다.

동물들의 휴식처를 빼앗은 인간 무리의 정체는 하늘 신 교단의 죄악 징벌관과 성기사들이었다.

이들을 이끄는 것은 토라오 국왕과 함께 이야기를 나누었던 교황 호위대의 부대장이자 새벽하늘 기도회 의장이었다.

의장은 자신을 중심으로 양옆에 5명씩 줄지어 서 있는 성기사들을 바라보았다.

'이만한 전력이라면 가능할 것 같은데.'

교단은 '황제 사냥' 작전을 성공시키기 위해 꺼낼 수 있는 카드를 전부 꺼내 놓았다.

의장을 포함한 성기사 출신의 죄악 징벌관 11명과 이들을 보좌하기 위한 성기사 150명을 투입한 것이다.

현재 신성국이 보유한 성기사 출신의 죄악 징벌관이 16명이고 성기사가 400여 명인 것을 감안한다면 교단의 핵심 전력 중 7할 정도가 여우숲에 있다고 할 수 있었다.

'그야말로 사활을 걸었다는 거지.'

의장은 교황을 떠올렸다.

교황은 헬로스 지원을 결정한 이후 새벽하늘 기도회를 소집해서 '황제 사냥' 작전을 설명했다.

'황제 사냥' 작전의 핵심은 어떠한 희생을 치러서라도 황제를 없애 버린다는 것이다.

그리고 교황의 입에서 황제 사냥에 나설 자들이 언급되는 순간 새벽하늘 기도회 회의에 참석한 이들은 누구랄 것 없이 경악했다.

의장도 매우 놀랐으나 황제 사냥에 투입될 이들과 함께 헬로스로 이동하면서 '어쩌면······.'이라는 생각에 휩싸였다.

의장은 자신과 함께하는 죄악 징벌관들을 보며 자신감이 솟구쳐 올랐다.

새로운 죄악 징벌관들과 150명의 성기사라면 어떠한 적이라도 모조리 분쇄해 버릴 수 있으리라.

무엇보다 의장 자기 자신이 새로운 죄악 징벌관이었기에 현재 여우숲에 있는 '황제 사냥'에 나선 부대, 일명 '황제 사냥대'가 지니고 있는 힘이 얼마나 강력한지를 누구보다 잘 알고 있었다.

무엇보다 고무적인 일은 황제 사냥대가 단순히 힘만 강력하다는 것이 아니라는 것이다.

"이교도들의 군영이 제법 잘 짜여 있더군."

"이교도 침략군의 중심이 모리스 가문이지 않나. 그들이라면 전쟁에 이골이 난 자들이 아닌가."

"하긴 질링엄이라면 이교도이긴 하지만 기사로서의 자질만으로 보면 우리보다 낫다고 할 수 있지."

새로운 죄악 징벌관들은 성기사 출신이라는 것을 증명이라도 하듯이 냉정히 적을 분석하고 있었다.

"그래도 그 질링엄이 직접 온 것은 아니지 않나. 그렇게까지 걱정할 필요는 없을 것 같은데."

"나도 같은 생각일세. 현재 침략군을 이끄는 것은 질링엄이 아니라 그의 아들이니까."

"방심은 금물이야. 다른 누구도 아니고 모리스 가문이야. 그리고 그 질링엄의 아들이라면 결코 무시해서는 안 되지. 옆에서 보고 배운 것이 있지 않겠나."

"맞아. 더구나 상대는 이교도들이야. 이교도들의 간악함은 굳이 설명하지 않아도 자네들 역시 알고 있지 않나."

"전황을 긍정적으로 볼 필요가 있긴 하지만 그렇다고 그것이 자만심이 되어서는 안 되네. 우리의 임무가 무엇인가. 바로 이교도들의 황제를 잡는 것일세. 설사 침략군이 무능하다고 해도 황제를 지키는 일을 소홀히 할 리 없지."

의장이 성기사들의 대화에 끼어들었다.

"좋은 말을 해 주었군. 적이 유능하든 무능하든 그건 우리에게 중요한 것이 아니야. 무조건 최선을 다하는 것이 옳아."

의장을 중심으로 좌우로 5명씩 서 있던 성기사 출신 징벌관들이 고개를 조아렸다.

"하늘 신께 기도를 올려 부정한 마음을 정화토록 하겠습니다."

"하늘 신께 기도를 올리겠습니다."

의장은 징벌관들의 기도가 끝날 때까지 기다렸다가 다시 입을 열었다.

"……형제들은 황제를 생포하는 것에 대해서 어찌 생각하는가?"

징벌관들은 이번 작전의 목표가 황제의 목숨을 빼앗는 것으로 알고 있었기에 생포라는 단어가 나오자 선뜻 대답하지 못했다.

한참을 머뭇거리며 서로 눈빛을 교환하다가 징벌관들 중 하나가 의장의 물음에 답했다.

"하늘 신께서 허락하신 힘을 사용한다면 적의 방어막을 뚫고 황제의 목숨을 취할 수는 있겠으나 사로잡는 것은 어려울 것 같습니다."

"우리가 황제를 노릴 때는 헬로스에 있는 병력과 치열한 회전이 벌어질 때야. 그 순간을 노린다면 가능하지 않겠나?"

"회전이 치열하게 전개되어 황제를 지키는 병력이 줄어든다면 생포를 시도할 수 있을 것 같기는 합니다."

징벌관들은 의장의 눈이 자신들을 향하자 고민 끝에 한마디

· 씩 내놓았다.

"아예 불가능한 것 같지는 않습니다."

"전황이 아군에게 유리하다면 생포도 염두에 둘 수 있을 것 같긴 합니다."

"내가 원하는 건 솔직한 답변일세."

의장이 다시 한번 물었으나 징벌관들의 답변은 달라지지 않았다.

'시도해 볼 만하겠어.'

황제의 생포는 교단이나 교황의 뜻이 아니라 의장의 바람이었다.

교단이나 교황은 황제의 생포는 전혀 생각지 않았다.

황제를 생포하면 좋겠지만 그것이 쉽지 않다는 것을 알고 있었기 때문이다.

괜히 생포한다고 나섰다가 목숨을 빼앗지도 못한다면 낭패도 그런 낭패가 없을 테니까.

'생포할 수 있다면 그것보다 더 좋을 수가 없지.'

의장은 생각을 정리하고 징벌관들에게 물었다.

"자네들도 황제를 생포할 수만 있다면 그렇게 하고 싶지 않나?"

징벌관들이라고 어찌 모르겠는가.

이번 '황제 사냥'에서 황제를 생포해 무사히 빠져나와 아군 진영으로 복귀할 수만 있다면 최상 중 최상의 수였다.

폐황제가
되었다

의장은 징벌관들도 자신의 의견에 동조하고 있다는 것을 알아차렸다.

"좋아. 일단 계획대로 황제를 없애 버리는 쪽으로 일을 진행하다가 기회가 생기면 생포하는 쪽으로 돌아설 수 있게 따로 작전을 마련해 두도록 하지."

15만에 달하는 육국 지원군과 트라오 국왕이 이끄는 그 유명한 일링 기병대가 회전에 나선다면.

얼음방패성 인근 들판에서 있었던 첫 번째 회전처럼 허무하게 패하지는 않을 것이다.

의장은 회전이 치열하게 벌어진다면 분명 황제를 생포할 기회가 있을 거라 확신하고 있었다.

⚓

침략군 군영에서 변화가 감지됐다.

"움직이고 있군."

"형제님께서 보시기엔 얼마나 될 것 같습니까?"

"3만 정도 될 것 같은데, 형제가 보기엔 어떤 것 같나?"

"저도 형제님과 같은 의견입니다."

나무에 오른 2명의 성기사가 침략군 군영에서 빠져나가는 병력을 바라보며 이야기를 나누고 있었다.

"저만한 병력이 움직인다는 것은 회전에 나선다고 봐야 할 것 같아."

"좀 지켜봐야겠지만 3만에 육박하는 병력이 모두 서쪽으로 이동했다는 것은 회전을 받아들인 것으로 봐도 무방할 것 같습니다."

"어쩐지. 이틀 전부터 정찰대의 숫자가 배 이상 늘어난 이유가 뭔가 했더니, 병력을 전진 배치하기 위한 사전 작업이었던 모양이야."

"일단 계속 지켜보는 것이 좋겠습니다. 저리 나갔다가 복귀할 수도 있으니까요."

침략군의 군영을 살피던 두 성기사는 나무 아래에서 대기하고 있던 동료에게 기지로 정보를 전달하게 했다.

그렇게 하루가 지나자 이번엔 기병대가 대거 움직였다.

군수품이 담겨 있는 것으로 보이는 수레까지 서쪽으로 이동을 시작했다.

"확실하다고 봐야겠군."

"드디어 움직여 주는군요."

"기다리는 것이 지루해질 참이었는데, 딱 때를 맞춰서 움직여 주는군. 이 또한 하늘 신의 뜻이겠지."

"맞습니다. 하늘 신께서도 이교도들과 황제에게 신벌을 내리시려고 하는 것이지요."

"하늘 신께서 황제의 죄악에 치를 떨고 있는 것이 분명한 것 같아. 의장님께서 갑작스레 생포를 원한다고 말씀을 하셨을 때는 의아했었지. 그런데 황제가 저지른 죄악들을 떠올리면 생포하는 게 좋을 것 같기도 해."

"하긴 이번 황제의 죄악이 유독 악독하긴 합니다. 하늘 신께 봉헌한 이 땅을 침략하는 것도 모자라 악마와 같은 마법사들까지 받아들이지 않았습니까."

"하늘 신을 부정해 하늘 신께 버림받은 이종족까지 데리고 있지 않나. 도대체 그 수많은 죄악을 어찌 정화해야 한단 말인가. 화형으로도 하늘 신의 분노가 가라앉지 않을 것 같은데 말이야."

"작전대로 된다면 확실히 지은 죄에 비해 편안한 죽음이긴 합니다."

"하지만 의장님께서 말씀하신 것처럼 생포한다면 죗값을 확실하게 치르게 할 수 있을 것인데."

"다른 형제님들께서도 이왕이면 생포하는 것이 좋을 것 같다는 의견을 내보이셨습니다."

"다른 형제님들도?"

"처음엔 굳이 생포할 필요까지 있느냐는 반응이었으나 황제를 생포했을 때 얻을 수 있는……."

"잠깐! 저길 보게."

두 성기사가 황제의 죄악에 대해서 한참 열을 올리고 있을 때, 침략군 소속 정찰병들이 여우숲으로 다가오는 것을 확인했다.

"침략군 병사들이 정찰에 나선 모양입니다."

"은신처로 자리를 옮기는 것이 좋겠군."

"곧바로 복귀하는 것은 어떻겠습니까?"

"숫자가 너무 많아. 그리고 섣불리 움직이다가 발각되면 적에게 경각심을 줄 수도 있는 만큼 몸을 숨기는 것이 우선이야. 의장님의 당부를 잊지 말게. 형제."

두 성기사는 재빨리 나무에서 내려와 은신처로 향했다.

은신처는 수풀이 우거져 있는 바위 사이에 파 놓은 땅굴이었다.

깊이는 그리 깊지 않았으나 수풀과 바위로 몸을 숨기에 적합했다.

"저 이교도 놈들을 눈앞에 두고도 지켜봐야 한다는 것이 안타깝습니다."

"나도 형제와 같은 마음이긴 하지만 우리에게는 더 큰 임무가 있지 않은가."

여우숲을 살피는 침략군의 정찰병들은 마음만 먹으면 얼마든지 제압이 가능했다.

개활지가 아닌 여우숲과 같은 곳이라면 혼자서 최소한 50명 이상 처리할 자신이 있었다.

"그런데 아무래도 뭔가 이상하군. 숫자도 숫자지만 얼마 전보다 더 깊숙하게 들어온 것 같지?"

"숫자도 많은 것 같습니다."

두 성기사의 말처럼 정찰병은 여우숲 깊숙이 발을 들여놓았다.

침략군은 수시로 여우숲으로 정찰병을 보내긴 했지만 지금과 같이 적극적으로 수색에 나선 것은 이번이 처음이었다.

"아무래도 병력을 이동하면서 기습을 대비하기 위해 대대적인 정찰에 나선 것 같아. 흠, 지금까지 소홀히 하던 곳을 이렇게까지 한다는 것은 머지않아 본진도 이동하겠어. 어쩌면 벌써 이동을 시작했을지도 모르고."

"적 정찰병이 은신처와 점점 가까워지고 있습니다. 어떻게 할까요?"

"지켜보도록 하지. 여기는 쉽게 발견할 수 있는 곳이 아니니까."

적 정찰병들의 대화가 은신처까지 들려오기 시작했다.

그만큼 가까워졌다는 의미였다.

"이런 곳에 숨어 있을 것 같은데."

"그러게. 몇몇 애들에게서 인기척을 느낀 것 같다는 보고가 있었어. 결국 찾지 못했지만 말이야."

"혹시 여우 아닐까? 여기에 여우가 그렇게 많다면서."

"그럴 수도 있겠지. 야, 어딜 올라가는 거야!"

정찰병 중 하나가 경사진 언덕을 오르기 시작했다.

"저길 봐. 수풀이랑 바위가 함께 있잖아. 아래에서 보면 안 보이는 곳이 많아. 내가 적이라면 저기에 숨어 있을 것 같아서 말이야."

"적당히 해라."

"야! 폐하께서 계시는 마당에 어떻게 대충하냐. 의심스럽다면 하나도 놓쳐서는 안 되는 법이야."

동료의 만류에도 불구하고 정찰병은 오르막을 계속 올라갔다.

은신처에 있던 두 성기사도 바짝 긴장했다.

정찰병이 두렵다기보다는 자신들이 발각됨으로 인해 황제 사냥 작전에 피해가 갈까 걱정이 된 탓이었다.

한시라도 빨리 결정을 내려야 했다.

은신처 근처에 있는 정찰병들을 모조리 처리할 것인지 아니면 무작정 도망칠 것인지를 말이다.

그때였다.

갑자기 오르막을 오르고 있던 정찰병에게 강한 바람이 몰아쳤다.

예상치 못한 바람에 놀란 정찰병은 발을 헛디뎌 굴러 떨어져 버렸다.

"야! 괜찮냐?"

"아이고 다리야. 으윽! 아무래도 부러진 것 같아."

"그러니까 왜 안 하던 짓을 해."

"으~ 폐하가 계시잖아. 여기에 매복이라도 있으면 위험하실 수도 있으니까."

"답답한 놈아, 회전이 시작되면 폐하께서는 물러나실 거야. 요즘 사령관님이 왜 그렇게 폐하를 찾아뵈었겠냐."

"물러나신다고?"

"확실한 건 아닌데, 그렇게 소문이 났더라. 그리고 언제까지고 폐하께서 전선에 계실 수는 없잖아. 폐하께서 뒤로 물러나셔야 우리도 편히 싸우지."

"하긴 물러나시는 것이 좋긴 하지. 그게 우리도 마음이 편하고."

"쓸데없는 소리 하지 말고 업히기나 해."

한바탕 소란으로 인해 은신처는 발각되지 않았다.

두 성기사는 당연히 하늘 신을 향해 기도를 올렸다.

"하늘 신의 은총의 감사드립니다."

"하늘 신의 뜻을 받들어 죄악에 빠진 황제에게 반드시 신벌을 내리도록 하겠습니다."

기도가 끝나자 두 성기사는 자리에서 일어났다.

"어서 가지. 황제가 물러날 수 있다는 걸 한시라도 빨리 알려야 해."

"이번에도 하늘 신에게 기도했나?"

"정찰병이 바람 정령에게 밀려 굴러떨어지자 하늘 신의 은

총이라고 말하네요."

사나운도끼가 웃음을 터트렸다.

"하하하! 지금까지 곤경에 처할 때마다 황제가 도와준 것을 저놈들이 알게 되면 어떤 반응을 보일지 궁금하군."

"알 수도 없을 것이고 설사 알려 준다 해도 믿지 않을 겁니다."

"하긴 하늘 신이라고 굳게 믿고 있을 테니까. 어쨌든 이렇게 되면 놈들이 조만간 여기로 오겠군."

"그게 좀 걱정입니다."

"숨어 있던 놈들이 다 들을 수 있도록 이야기하지 않았나. 설마 그걸 못 들었으리라고."

"지금까지 보여 준 어설픈 은신을 떠올려 보십시오. 오죽하면 제가 정령으로 도와주었겠습니까. 그리고 저놈들을 너무 높이 평가해 은밀히 군영을 빠져나갔다가 다시 군영으로 복귀한 것이 두 번이나 됩니다. 어쩌면 이번에도 다시 돌아가야 할지 모르겠습니다."

익스는 얼음방패성에서 토벌군 군영으로 이동할 때부터 여우숲에 숨어 있는 황제 사냥대의 존재를 알아차렸다.

혹시 있을지도 모르는 기습에 대비하기 위해 그림자 기사단이 정찰에 나섰는데, 그때 징벌관을 발견한 것이다.

징벌관이 성기사와 함께 움직이고 있다는 것을 파악한 익스는 바람의 정령을 불러내 그들에게 붙여 놓았다.

눈꽃산맥에서 정령은 죄악의 돌에 영향을 받지 않는다는 것을 알아냈기에 거리낄 것이 없었다.

바람의 정령을 붙였다는 것은 CCTV를 설치해 놓은 것이나 마찬가지였다.

익스는 징벌관과 성기사들의 은신처가 여우숲이라는 것을 알아냈을 뿐만 아니라 그들의 내부 사정을 완벽하게 파악할 수 있었다.

스스로 황제 사냥대라 칭하는 무리를 손바닥에 놓고서 내려다보고 있는 형국이었다.

익스는 마음만 먹으면 언제든지 황제 사냥대를 공격할 수 있었지만 그렇게 하지 않았다.

우선 여우숲은 헬로스와 연결되어 있는지라 수시로 신성국 정찰병들이 드나들었다.

아군도 역시도 여우숲 정찰을 게을리하지 않았다.

여우숲을 이용해 병력을 은밀히 이동시켜 우회 공격을 할지도 모른다는 우려 때문이었다.

이렇게 정찰병들이 자주 드나드는 곳에서 전투가 벌어졌다가는 적에게 알려질 수밖에 없었다.

더구나 여우숲은 오랫동안 사람의 발길이 끊어졌던 곳이라 몸을 숨길 곳이 지척에 널린 상태다.

황제 사냥대를 제압하는 과정에서 도망자가 하나라도 생기면 애써 준비한 계획이 어긋나 버린다.

황제 사냥대를 모조리 제압해야만 했기에 되도록 적 진영과 멀리 떨어트려 놓아야 했다.

이에 익스는 그림자 기사단과 은밀히 토벌군 군영에서 벗어나 얼음방패성이 있는 동쪽으로 이동했다.

황제 사냥대를 유인한 것이다.

"그때는 좀 당황하긴 했지."

"당연히 눈치챘을 것이라 여기고 움직인 것이니까요."

"놈들을 너무 높게 평가했어."

"두 번째는 심지어 밤도 아니고 낮이었죠. 정찰대로 변장을 했다지만 이것도 눈치채지 못할 것이라고는 정말 생각도 못했습니다."

"황제의 말을 듣고 보니 불안하긴 하군. 이번에도 눈치를 못 채면 연극을 다시 한번 해야지."

"근위 기사들에게 어찌 그런 일을 또 맡길 수 있겠습니까. 이번에도 놈들이 눈치채지 못한다면 차라리 대놓고 움직여 볼까 합니다."

"어떻게 말인가?"

"여우숲을 거쳐서 얼음방패성으로 물러나는 것이죠. 눈앞에서 황제의 마차가 지나간다면 움직일 수밖에 없을 것 아닙니까."

"너무 노골적이라 조금 걱정되긴 하지만 확실한 방법이긴 하겠어."

여우숲에 숨어 있는 징벌관들을 끌어낼 방법을 논의하던 중에 익스가 눈을 반짝였다.

"놈들이 무리와 합류했습니다."

정찰병으로 변장했던 근위 기사들을 통해 정보를 획득한 두 성기사가 황제 사냥대 기지에 도착한 것이다.

'생포하고 싶다며. 생포할 기회를 줄 테니까. 제발 좀 눈치채라.'

익스가 바람의 정령을 통해 황제 사냥대를 지켜보았다.

트로비치 왕국의 국왕 롭슨과 케인 왕국의 국왕 란돌은 이전과 같은 장소에서 다시 만나고 있었다.

둘은 탁자에 놓은 지도를 내려다보며 이야기를 나누는 중이었다.

"정말 무시무시한 것 같소."

롭슨 국왕의 말에 란돌 국왕이 손으로 남해만을 가리키며 답했다.

"여기로 상륙할 것이라고는 상상조차 하지 못했습니다. 제가 듣기로는 10만의 병력을 상륙시키기 위해서 수백 척의 배가 동원되었다고 합니다."

"세네빌을 빼앗겼다는 소식을 처음 접했을 때엔 신성국의 무능함에 한숨이 절로 나왔으나 사정을 알고 나서는 제국에 대한 두려움이 몰려오더구려."

"저 또한 마찬가지였습니다. 역시 제국이라 해야 할 것 같더 군요."

"예전에 비하면 제국의 영토는 절반이나 줄어들지 않았소. 옥토인 서부 지역을 장악했다고 하지만 아무리 생각해도 그 무지막지한 생산력은 불가사의하오."

"제국의 저력이 우리의 상상을 뛰어넘은 것은 확실합니다. 그래서 너무 일찍 독립에 나선 것 같다는 후회가 조금 일기도 했지요."

"우리의 독립이 이른 감이 있긴 했지만 제국이 보여 주고 있 는 저력을 생각한다면 오히려 다행이오. 이제 와 독립을 하겠 다고 나섰다면 쉽지 않았을 테니까."

"그렇긴 합니다. 황제가 순식간에 제국 전체를 장악했을 테 지요."

"신성국까지 집어삼킨다면 제국의 힘은 더욱 거대해질 것이 오."

"그렇기에 우리가 힘을 합친 것이 아닙니까."

"맞소. 복잡하게 쪼개진 것보다는 합칠 것은 합쳐야 힘이 생 기는 법이니 말이오."

"그런 의미에서 신성국이 중요합니다. 제국의 전력을 최대한 갉아먹어야 하죠. 그것이 어렵다면 남부 지역을 초토화해 제국의 발목을 잡고 늘어져야 할 것입니다."

"관건은 신성국이 얼마나 버티느냐일 것이오. 그래야 우리도 나설 수 있지 않겠소."

"트라오 국왕이 얼마나 선전하느냐에 따라 달라질 것 같습니다."

"일링 기병대라면 확실히 위력적일 것이나 전세를 역전시키긴 어려울 것이오. 지원군이 있다지만 마음은 콩밭에 가 있을 테니."

"그래도 트라오 국왕의 선전으로 승기를 잡는다면 한동안은 속내를 감출 것입니다."

롭슨 국왕은 고개를 내저었다.

"다른 곳은 몰라도 벤포드는 어떻게든 야욕을 드러낼 것이오. 일전에 만나 보았을 때 느낀 것이지만 오틀라스에 대한 욕심이 상당했소."

"그럴수록 우리에게 유리해지지 않겠습니까."

"그렇긴 하오. 그런데 마법 대포라는 것이 상당히 신경 쓰이오."

롭슨 국왕의 입에서 마법 대포가 언급되자 담담하던 란돌 국왕의 표정이 일그러졌다.

"마법 대포라면 저 또한 관심을 두고 있습니다. 제국군과 대치 중인 곳에 병력을 증강해 긴장감을 높여 마법 대포를 쏘도록 유도해 보았으나 끝내 쓰지 않더군요."

"나 역시 마찬가지요. 마법 대포가 상당히 위력적이라는 보고를 받고 직접 확인해 보고 싶어서 교전을 유도했으나 제국군은 꿈쩍도 하지 않더이다. 알아낸 것이라고는 성벽에 뭔가 설치되어 있다는 것뿐인데, 그게 아무래도 마법 대포였던 것 같소."

"우리 쪽도 성벽에 뭔가 설치되었다는 것을 확인하는 것에 그쳤습니다."

"전선마다 마법 대포가 설치되어 있다면 제국군 전체가 마법 대포로 무장했다는 것인데……."

롭슨 국왕은 걱정스러운 표정으로 말을 이어 나갔다.

"소문에 의하면 마법 대포의 위력이 상당하다고 하였소. 이에 대한 대책이 필요할 것이오."

"소문만으로는 판단하기 어려운 점이 많습니다. 일단 지원군으로 나가 있는 아군 기사들이 복귀한다면 마법 대포의 실체에 대해 어느 정도 알 수 있을 것입니다."

"만약 우리의 예상보다 강한 무기라면 우리도 신성국처럼 되지 말란 법이 없지 않소."

"걱정스러운 일이긴 하지만 그렇다고 두려워할 필요는 없을 것 같습니다. 마법 대포에 대한 대비책이 마련되어 있으니까요."

란돌 국왕의 대답에 롭슨 국왕이 우려를 나타냈다.

"죄악의 돌을 사용할 생각이라면 재고해야 할 것이오."

"죄악의 돌이라니요. 저는 그걸 사용할 생각이 추호도 없습니다. 그랬다가는 백성들이 가만히 있지 않을 것입니다. 그리고 자칫 잘못하다가는 신성국처럼 내부에서부터 무너질 수도 있는 위험천만한 짓을 왜 저지르겠습니까."

"죄악의 돌이 아니라면 어찌 마법 대포를 상대하겠다는 것이오?"

란돌 국왕이 내놓은 대비책은 의외로 간단했다.

"제국이 마법을 사용했다면 우리도 사용하면 되지 않겠습니까."

"마법사를 받아들이겠다는 것이오?"

"황제도 마법사를 받아들인 마당에 우리라고 못 할 이유는 없지요."

"하긴 마법사에 대한 거부감이 확실히 줄어들긴 했으니, 그런데 마법사들은 전부 황제에게 붙지 않았소."

"숨어 있는 마법사들이 모두 황제를 찾아가지는 않았을 겁니다. 더구나 우리가 독립하면서 제국과의 국경 지대가 통제되지 않았습니까. 우리가 마법사를 인정해 준다면 숨어 있는 자들이 분명 모습을 드러내겠지요."

마법사가 음지에서 활동한다는 것은 이미 잘 알려진 사실이었다.

그렇지 않았으면 마법 물품은 진작 동이 났을 것이다.

"그렇게 한다면 마법사를 어느 정도 확보할 수 있겠지만 제국에 비할 바는 아닐 것이오."

"그래서 말입니다."

란돌 국왕이 조심스럽게 무엇인가를 이야기했고 롭슨 국왕은 눈을 동그랗게 떴다.

"……이렇게 한다면 제국의 마법에 대응할 수 있을 것 같은데, 어떻게 생각하십니까?"

"위험하긴 하지만 그자들과 손을 잡는다면 확실히 제국의 마법 대포를 견제할 수 있을 것 같긴 하오. 다만 백성들이 어찌 생각할지 모르겠소."

"그들과 거래를 해서 어느 정도 제약을 걸어 두어야 할 것입니다. 그리고 정체를 숨기면 되는 일 아니겠습니까."

"그들이 받아들이겠소?"

"그자들도 언제까지 숨어 살 수는 없을 것입니다. 그리고 기회가 있다면 언제든지 양지로 나오고 싶어 할 것이고요. 롭슨 국왕께서 동의해 주신다면 제가 한번 일을 추진해 보도록 하겠습니다."

"좋소. 해 봅시다."

"제가 최대한 빨리 만나 보도록 하지요."

"나도 돕고 싶으나 그자들이 숨어 있는 곳이 우리와는 거리가 멀어 어려울 것 같소."

"제가 수시로 연락을 드리겠습니다. 그리고 이야기가 진전된다면 롭슨 국왕님께 인사드릴 자리를 한번 마련해 보도록 하겠습니다."

"그럴 것이 아니라 이참에 우리의 만남을 정례화하는 것이 어떻겠소?"

롭슨 국왕의 제안을 란돌 국왕은 흔쾌히 받아들였다.

"좋은 방법인 것 같습니다. 이와 같은 만남이 정례화된다면 양국의 동맹이 더욱 굳건해질 테니까요."

"그렇다면 언제까지 이런 야외에서 만날 수는 없는 노릇아니겠소. 여기에 내가 저택을 하나 지어 놓겠소."

"함께하는 자리인 만큼 저 또한 손을 보태도록 하겠습니다. 인력과 재료가 필요하시면 말씀해 주십시오."

"아니오. 란돌 국왕 덕분에 좋은 기회를 얻은 만큼 당연히 그에 대한 보답을 해야 하지 않겠소. 멋있게 만들어 선물할 테니 기다려 주시구려."

"롭슨 국왕께서 그렇게 말씀하신다면 제가 기대를 걸어도 되는 것입니까?"

"물론이오."

"황제가 뒤로 물러날 것이다?"

의장의 물음에 징벌관들이 답했다.

"헛소리 같지는 않습니다. 회전에 벌어지는 와중에 황제가 전선에 나와 있다면 사기가 높아질지는 모르겠으나 황제를 보호하기 위해 병력을 투입해야 하지 않습니까. 그렇게 된다면 병력 응집력이 떨어질 수밖에 없습니다."

"적의 사령관이 질링엄의 아들입니다. 질링엄은 평소에 완벽함을 추구하였던 사령관임이었습니다. 이를 이어받았을 것이 분명한 적의 사령관은 위험 요소를 최대한 제거하려 들 것입니다."

의장이 고개를 흔들었다.

"전선에 나왔다는 것은 전면전을 각오했다는 것이나 마찬가지야. 적들이 회전을 예상하지 못했을 리가 없지. 회전이 이루어질 것 같아서 황급히 황제를 뒤로 물릴 생각이었다면 애초에 얼음방패성에서 기어 나왔을 리 없지."

징벌관들 사이에서 새로운 의견을 흘러나왔다.

"그렇다면 속임수가 아닐까요?"

속임수라는 말에 의장이 관심을 나타냈다.

"어떤 속임수 말인가?"

"굳이 황제가 뒤로 빠졌다는 것을 밝힐 필요가 없지 않겠습니까. 회전에 참여 중이라 알리고 몰래 뒤로 빠져나올 수도 있습니다. 대역까지 내세운다면 속이는 것은 그리 어려운 일이 아닙니다."

일반 병사들이 황제의 얼굴을 어찌 알겠는가.

그저 지휘관들이 황제라고 하면 황제일 것이라 여기는 것이지.

즉, 지휘관들끼리 말만 맞춘다면 전선에 없는 황제가 전선에 있는 것처럼 얼마든지 꾸며 낼 수 있었다.

그러한 경우는 역사적으로도 흔히 있는 일이었다.

"반대의 경우도 생각해 봐야 할 것 같습니다. 전선에 나선 황제가 제1의 목표가 되는 것은 너무도 당연한 일입니다. 우리가 아니라 해도 육국 지원군 지휘부에서 어떻게든 황제를 잡으려 할 것입니다. 적들도 그것을 당연히 알고 있을 것이고요."

지극히 옳은 이야기였기에 다들 고개를 끄덕였다.

새로운 의견을 제시하는 징벌관은 계속 말을 이어 나갔다.

"실제로는 전선에 머물고 있음에도 황제가 안전한 곳으로 물러났다고 알려진다면 다들 그렇게 믿을 것입니다. 회전을 앞두고 황제가 안전을 위해 후방으로 물러났다고 해서 이를 의심할 자들이 어디에 있겠습니까."

의장은 생각에 잠겼다.

황제를 죽이고자 한다면 깊이 고민할 필요가 없었다.

계속 기다리면 기회가 생길 것이기 때문이다.

당장은 황제의 위치를 파악하기 어려운 상태지만 회전이 시작되고 어느 쪽으로든 결판이 난다면 황제는 모습을 드러내게 되어 있었다.

침략군이 승기를 잡는다면 전선에 모습을 드러낼 것이고 패배한다면 도망갈 테니까.

설사 황제의 행방이 불분명할지라도 본격적으로 회전이 시작된다면 침략군의 시선은 트라오 국왕과 육국 지원군에게 쏠릴 수밖에 없었다.

여기에 회전이 치열한 접전으로 이어진다면 황제 사냥대의 활동 제약은 없어지는 것이나 마찬가지였다.

그럼 보다 더 적극적으로 움직여 황제를 찾아 나설 수 있게 된다.

황제를 사살할 목적으로 나섰던 황제 사냥대였기에 황제의 행방에 대해 그리 깊이 생각지 않았다.

그러나 황제 생포라는 새로운 목적이 생김으로써 고민해야 할 것들이 대폭 늘어나 버렸다.

"생포가 쉽지 않겠어."

의장의 중얼거림에 징벌관들이 소리쳤다.

"포기하기엔 아쉽습니다. 지금이라도 보다 적극적으로 침략군 군영을 살피는 것이 어떻겠습니까?"

"황제가 진짜 뒤로 물러날 수도 있습니다. 그렇게 된다면 생포할 기회가 확실히 생깁니다."

"하늘 신께서도 이교도의 황제를 생포하길 바라실 것입니다. 저희는 수많은 죄악에 얼룩진 황제를 반드시 사로잡아야 합니다."

황제 생포는 처음엔 의장이 욕심이었지만 이젠 징벌관들 모두가 원하는 일이 되어 버렸다.

황제를 생포함으로써 얻을 수 있는 이득이 워낙 컸기 때문이다.

"지금까지 여우숲 밖으로 나가는 일을 최대한 자제했지만 침략군이 회전을 위해서 군영을 옮기는 만큼 분명 빈틈이 생길 것입니다. 정찰에 나서기에 이보다 좋은 기회가 어디에 있겠습니까."

황제 사냥대를 이끄는 의장의 엉덩이가 좀처럼 떨어질 생각이 없어 보이자 익스는 한숨과 함께 말했다.

"마차를 타고 여우숲을 지나가야겠습니다."

사나운도끼가 헛헛한 웃음을 보였다.

"놈들이 끝내 움직이지 않기로 했나 보군."

"아예 드러누운 것은 아닙니다. 정찰을 시도해 보겠답니다. 이전보다 더욱 적극적으로요."

익스의 대답에 사나운도끼가 손으로 이마를 짚었다.

"어이쿠, 그놈들이 그렇게 나섰다가는 단박에 발각될 것인데."

익스의 한숨은 더욱 깊어졌다.

"그러니까 말입니다. 이대로 있다가는 놈들이 토벌군 순찰병에게 꼼짝없이 들통날 것 같습니다."

"좋은 정보를 가져다 바쳤으면 냉큼 받아나 먹을 것이지. 그리고 무슨 자신감으로 그리 정찰에 나서겠다는 건지."

"토벌군이 회전을 위해 군영을 옮기는 것을 보고서 빈틈이 생길 것으로 여기고 있습니다."

"답답한 인간들이군. 군영을 옮긴다고 빈틈이 생길 토벌군이었다면 어찌 지금까지 연승을 거듭해 왔을까. 성기사라는 놈들도 엄연히 기사일 것인데 어찌 그걸 몰라."

"일반적인 기사와 다르긴 합니다. 육체적 수련을 거치는 것은 비슷하지만 성기사는 전략과 전술 대신 교리와 신앙에 몰두하니까요."

"아무리 그래도 기본적인 전략 전술에 대한 개념을 잡고 있을 것이 아닌가. 토벌군과 같은 정예군이라면 오히려 군영을 옮길 때 더욱 긴장감을 높이겠지. 그리고 적의 기습에도 대비할 것이고."

사나운도끼의 말대로였다.

샤켈은 단점이 확실하지만 그것만 적절히 제어한다면 대단히 뛰어난 사령관이라 할 수 있었다.

수십 년 동안 질링엄을 가까이서 보좌하면서 자연스럽게 보고 배운 것이다.

거기에 더불어 토벌군 고위, 중간 지휘관들은 질링엄과 오랜 시간 함께했던 베테랑 중 베테랑이었다.

샤켈이 설사 개떡같이 명령을 내렸더라도 찰떡같이 알아듣고 움직였을 것이다.

즉, 샤젤이 특유의 우유부단함으로 방해만 하지 않아도 알아서 척척 해낼 자들이었다.

한마디로 토벌군은 황제 사냥대가 우습게 볼 상대가 아니라는 뜻이다.

"저도 이 정도로 엉망일 것이라고는 예상치 못했습니다."

"죄악의 돌만 아니었다면 그야말로 엉망인 것들이야."

"이젠 어쩔 수 없이 노골적으로 유인해야겠습니다. 어차피 놈들은 눈치채지 못할 테니까요."

"그럴 것 같군."

"혹시 모르니 여우숲 근처에서는 천천히 지나가도록 하죠."

사나운도끼는 '그래도 그건 너무한데.'라는 말이 목구멍까지 솟구쳐 올랐으나 재빨리 억눌렀다.

"알겠네."

익스를 태운 황제의 마차는 근위 기사단과 그림자 기사단의 호위를 받으며 여우숲을 천천히 스쳐 지나갔다.

황제 사냥대 소속 성기사들은 이전과 다르게 정찰 범위를 넓혀 나갔다.

이전까지만 해도 여우숲에서 벗어나지 못했지만 이젠 그러한 제한이 사라졌다.

"이제야 좀 속이 시원하네."

"숲에만 숨어 있는 것이 답답하긴 했지."

"이번엔 성과를 좀 내보자. 침략군 정찰병을 발견하면 죄를 물어야지."

"의장님께서도 적극적으로 나서라고 하셨으니 그렇게 하자고. 그렇지 않아도 이교도 놈들에게는 반드시 죄를 묻고 싶었거든."

"감히 전지전능하신 하늘 신을 부정하는 놈들을 살려 둘 수는 없는 법이지. 어차피 회개의 여지도 없는 놈들이니까. 보는 즉시 처형하자고."

"아예 이교도 놈들 군영 근처까지 가 볼까?"

"그건 좀 위험할 것 같은데."

"기사라면 처리하기 어렵겠지만 기사쯤이나 되는 놈들이 순찰에 나설 리가 없잖아. 보나 마나 일반 병사들일 거라고. 그런 놈들은 얼마든지 처리할 수 있어."

"그렇긴 한데."

"우리도 뭔가 공을 세워야. 징벌관이 될 기회가 생기는 거야. 그래야 하늘 신의 은총을 받을 수 있잖아."

2인 1조로 움직이는 성기사들이 막 여우숲 밖으로 발을 들려 놓을 때였다.

크고 화려한 마차가 기병들의 호위를 받으며 지나가는 것을 확인할 수 있었다.

"갑옷을 봐봐. 일반 기병이 아닌 것 같지?"

"망토에 있는 문양을 봐. 태양이잖아."

"태양이면 그거지?"

"맞아. 근위 기사단이야."

두 성기사는 누가 먼저랄 것 없이 몸을 돌려 기지로 뛰어갔다.

숨이 턱 밑까지 차올랐지만 두 성기사는 쉬지 않았고, 기지에 도착하자마자 의장에게 알렸다.

소식을 전달받은 의장은 놀라긴 했으나 이내 평정을 되찾았다.

"황제의 마차가 어째서 여우숲까지 내려왔을까?"

의장은 지적은 타당했다.

황제가 전선에서 벗어난다면 목적지는 뻔했다.

얼음방패성.

현재 침략군 군영에서 얼음방패성으로 가고자 한다면 냅다 서쪽으로 달리면 된다.

여우숲을 스쳐 지나갔다면 남쪽으로 내려왔다가 서쪽으로 내려가게 된다.

굳이 그렇게 돌아갈 이유가 무엇이란 말인가?

"곧장 서쪽으로 이동했다면 후방으로 물러난다는 것이 들통나지 않겠습니까. 아군이든 적군에게든 들키고 싶지 않아 우회를 택한 것일 수도 있습니다.”

"남쪽은 뜬금없긴 합니다. 새로운 군영이 북쪽으로 살짝 올라간 만큼 북쪽으로 간다면 이해할 수 있지만.”

신중한 자들의 주장에 갑자기 바람이 불어닥쳤다.

거센 바람 때문에 나뭇잎이 황제 사냥대를 덮쳤다.

나뭇잎을 동반한 돌풍이 끝난 것은 적극적인 징벌관들이 나선 뒤부터였다.

"자세한 이유는 모르겠지만 백이 넘는 근위 기사들이 마차를 호위하며 빠르게 서쪽으로 이동했다면 이것은 분명 다시 찾아오지 않을 기회입니다.”

"이런 기회를 놓쳐서는 안 됩니다. 의장님, 빨리 마차를 쫓아가야 합니다.”

"만약 마차가 빈 것이라면?”

"마차에 황제가 없다 하더라도 백여 명이 넘는 근위 기사가 투입된 것은 분명한 사실입니다. 근위 기사들을 처리해도 이는 아군에게 큰 이득입니다.”

"또한 마차에 황제가 없다면 결국 침략군 군영에 머물고 있다는 뜻이 됩니다. 행방을 확실히 할 수 있어 이 또한 이득이라 할 수 있습니다.”

"만약 마차에 황제가 타고 있다면 황제를 생포할 수 있습니다.”

징벌관들의 의견에 의장은 절로 고개가 끄덕여졌다.

'확실히 좋은 기회야.'

의장은 생각을 굳혔다.

중요한 문제에 대해 결단을 내릴 때에는 신중해야 하지만 일단 결단을 내렸다면 망설여서는 안 되는 법이다.

"최소한의 짐만 챙기도록. 빠르게 마차를 뒤쫓는다."

황제 사냥대는 약간의 식량과 무기, 말을 챙겨 이동을 시작했다.

숲에서는 말을 탈 수 없었기에 여우숲을 빠져나오는 데 많은 시간을 소모해야 했다.

"서둘러라. 황제의 마차를 놓쳐서는 안 된다."

황제가 마차에 타고 있는지는 알 수 없었으나 일단 무조건 마차의 뒤를 쫓았다.

사나운도끼는 마차에 달린 창문이 열리는 것을 확인하고서는 곁으로 다가갔다.

"어찌 되었나?"

"놈들이 쫓아오는 중입니다."

"어쨌든 성공했군. 이젠 계획대로 하면 되는 건가?"

"이제 와서 말머리를 돌리지는 않을 겁니다."

익스 일행은 속도를 높여 황제 사냥대의 무덤이 될 곳으로 이동했다.

⁂

얼음방패성 인근 숲.

여우숲에 비하면 작디작은 숲에 불과했으나 토벌군 군영에서 얼음방패성으로 이동할 때 잠시 쉬어 갈 곳으로 아주 적당했다.

사실 숲이라 부르기에 민망스러웠다.

듬성듬성 나무가 자라나 있고 곳곳에 시냇물을 흐르고 있었으니 말이다.

숲이라는 말보다는 자연 스스로 만들어 낸 작은 공원이라 부르는 것이 더욱 적합했다.

어쨌든 듬성듬성하긴 했으나 나무가 일정한 구역에 군집을 이루고 있는 만큼 숲이라 불러도 이상하진 않았다.

여하튼 숲이든 공원이든 이곳에서 황제 사냥대와 마주하게 될 것이다.

익스 일행은 마차를 세워 놓고 황제 사냥대를 기다리고 있었다.

근위 기사단과 그림자 기사단은 각자의 무장을 점검하며 앞으로 있을 전투에 대비했다.

익스는 무기와 갑옷, 말 상태를 점검하고 있던 그림자 기사단을 불러 모았다.

그리고 라칸에게 손짓했다.

라칸은 근위 기사에게 전달받은 커다란 자루를 뒤집어 세웠다.

자루 안에서는 끈이 달린 작은 가죽 주머니가 쏟아졌다.

익스는 가죽 주머니를 하나 집어서 사나운도끼에게 내밀었다.

"이겁니다."

사나운도끼와 그림자 기사들이 바닥에 쌓인 가죽 주머니를 내려 보았다.

"들어서 알고 있었지만……."

"그놈들이 만들어 놓은 것을 써야 한다고 하니 손이 가질 않네."

"꼭 이런 것을 목에 걸고 싸울 필요가 있을까?"

"그 징벌관이라는 놈들이 이상한 힘을 쓰잖아. 그걸 무력화하니까."

"좀 무리가 되긴 해도 그냥 싸워도 되는데 말이야."

익스는 그림자 기사단의 반응을 충분히 이해할 수 있었다.

가죽 주머니에 들어간 물건이 어떻게 만들어졌는지 알고 있다면 선뜻 손이 안 가는 것은 당연한 일이었으니까.

"불편하시겠지만 이번만 참아 주시죠. 죄악 징벌관의 힘을 무력화시키기 위한 유일한 방법입니다. 그리고 광신도들을 토벌하고 나면 모두 파괴하겠습니다."

사나운도끼를 비롯해 그림자 기사들이 마지못해 고개를 끄덕일 때였다.

"폐하, 소장에게 기회를 주십시오."

익스는 갑작스레 나서는 라칸을 의아한 눈빛으로 바라보았다.

"무슨 소리지?"

"이번 일은 소장과 근위 기사단만으로 마무리 지었으면 합니다."

"자네들이?"

"징벌관의 힘을 무력화시킨다면 순수하게 기사 대 기사의 싸움이 될 것입니다."

"그렇게 되겠지."

"소장을 비롯한 근위 기사들이 어째서 근위 기사인지를 증명할 기회를 주셨으면 합니다."

근위 기사라 하면 보통 기사 중 기사라 불린다.

즉, 제국 최강의 기사들이 모여 있는 무력 집단이라는 뜻이다.

그러나 제국 최강의 기사단이라는 칭호는 그림자 기사단의 것이었다. 물론 근위 기사단은 이에 대해서 불만을 가지거나 시기하지 않았다.

그림자 기사단의 능력이 누구보다 잘 알고 있었고 자신들에게 있어서는 그들은 스승과 같았으니 말이다.

대신 제국 최강의 기사단이라는 이야기 나왔을 때, 그림자 기사단에 이어서 두 번째로는 근위 기사단이 언급되어야 하는 법이다.

하지만 안타깝게도 근위 기사단은 두 번째로도 언급되지 않았다.

제국인들이 근위 기사단을 폄훼하는 것이 아니다.

어찌 황제를 지척에서 호위하는 근위 기사를 얕잡아 볼 수 있겠는가.

단지 지금까지 두드러진 활약이 없었던 탓이라 할 수 있었다.

막연하게 근위 기사단이니까 강하다는 것은 알고 있었으나 눈에 띄는 활약이 없었던 탓에 인지도가 매우 낮았다.

라칸은 이번 기회를 통해 근위 기사단의 낮은 인지도를 확실히 세울 생각이었다.

"광신도이자 반역자들이 무엄하게도 폐하를 목표로 나섰습니다. 근위 기사단으로서 어찌 이를 지켜볼 수가 있겠습니까. 이번 기회를 통해 성기사라는 자들을 모두 처단토록 하겠습니다."

익스는 신중하게 라칸에게 말했다.

"징벌관의 도움을 받지 않더라도 성4기사는 그리 만만한 상대가 아니야. 숫자 또한 근위 기사단보다 많지. 무엇보다 광신도인 만큼 죽음도 불사할 것이고."

"소장들 역시 제국의 근위 기사입니다. 어찌 죽음 따위를 두려워하겠습니까."

라칸의 말에 근위 기사단 전원이 소리쳤다.

"허락하여 주시옵소서."

"허락하여 주시옵소서."

익스는 근위 기사단을 천천히 훑어보았다.

한쪽 무릎을 꿇고 고개를 조아리고 있었지만 그들이 뿜어내는 기세는 놀라울 정도였다.

'라칸 혼자만의 생각이 아니었군.'

익스는 고민에 빠졌다.

가장 손쉬운 방법은 그림자 기사단에게 죄악의 돌을 건네주고 황제 사냥대를 처리하는 것이다.

그렇게 하면 별다른 피해 없이 순식간에 제압할 테니까.

"저들이라면 믿을 만하지."

사나운도끼가 근위 기사단을 지지했다.

"저도 그렇게 생각하고 있습니다."

"그럼 허락하면 되는 일이 아닌가."

근위 기사단의 실력이 아무리 뛰어나다 할지라도 전투가 일어나면 희생이 불가피했다.

사나운도끼는 익스의 마음을 알아차리고 말했다.

"저들을 아끼는 황제의 마음을 모르는 것은 아니나 언제까

폐황제가
되었다

지 품에 안고 있을 수만은 없네. 무엇보다 근위 기사단은 쉽게 당할 자들도 아니지. 우리가 인정한 자들일세."

그림자 기사단은 많은 이들을 가르쳐 왔지만 그중에서도 가장 오랫동안, 그리고 꾸준히 가르친 자들은 바로 근위 기사단이었다.

정식으로 가르침을 준 것은 아니지만 많은 시간을 붙어 다니는 만큼 틈나는 대로 대련을 했다.

그림자 기사단과 매일같이 대련하다 보면 실력 향상은 자연스럽게 이루어지는 일이었다.

"저들을 믿어 보게."

사나운도끼의 조언에 결국 익스의 허락이 떨어졌다.

라칸과 근위 기사들은 가죽 주머니를 목에 걸었다.

⚜

라칸은 근위 기사단에게 소리쳤다.

"폐하께서 기회를 주셨다."

근위 기사들은 모두 주먹을 불끈 쥐었다.

"우리가 그토록 원했던 증명할 기회를 얻은 것이다."

황제를 호위하는 기사는 아무나 되는 것이 아니다.

잘 알려지지 않아서 그렇지, 근위 기사단의 훈련은 혹독했다.

선발 과정 또한 만만치 않았다.

수많은 지원자를 물리치고 승리한 자들만 근위 기사로 임명받았기에 그 자부심이란 이루 말할 수 없었다.

"그림자 기사단을 넘어서자는 이야기는 하지 않을 것이다. 그것은 하루아침에 될 일도 아니고 더욱이 그분들은 인간이 아니니 말이야."

근위 기사들이 고개를 끄덕였다.

그림자 기사단의 무서움은 함께했던 근위 기사들이 제일 잘 알고 있었다.

"대신 제국에 있는 인간 중에서는 우리 근위 기사단이 첫 손에 꼽히도록 할 것이다. 오늘이 바로 그 출발점이 될 것임을 잊지 말라."

근위 기사들의 사기를 높이고 있던 라칸은 발바닥에서 전달되는 진동을 느끼고 눈을 반짝였다.

"적이다. 무엄하게 폐하를 향해 검을 겨눈 반역자들을 처단할 때가 드디어 찾아왔다."

라칸과 근위 기사들이 말에 올랐다.

100명에 달하는 기사들이 태양이 새겨진 망토를 휘날리면서 말에 오르는 모습은 영화의 한 장면처럼 멋있었다.

만약 관객이 존재했다면 멋들어진 모습에 손뼉을 치거나 감탄을 내뱉었으리라.

바람과 같이 달려가던 황제 사냥대가 속도를 늦추었고 얼마 지나지 않아서 완전히 멈췄다.

모두가 의아하게 여길 때쯤에 선두에서 적이 발견되었다는 소식이 전해졌다.

"백여 기의 기병이 길을 막고 있다고 합니다."

의장은 눈을 찌푸린 채로 본진을 이끌고 선두에 합류했다.

거리는 대략 1.5km

건너편에 백여 기의 기병이 늠름하게 서 있었다.

노을이 생기지는 않았지만 해가 서쪽에 있는지라 태양을 등지고 있는 모습이 마치 한 폭의 그림과 같았다.

황제 사냥대 여기저기서 이야기가 흘러나왔다.

"황제의 근위 기사들이야."

"커다란 말을 타고 다니는 놈들은 없는 것 같은데."

"이교도 기사들이 시간을 끌 생각인 모양이군."

의장은 건너편에 늘어선 자들을 유심히 바라보았다.

곁에 있던 징벌관이 말했다.

"의장님, 제국의 근위 기사단입니다. 저들이 저리 길을 막고 있는 걸 보니 시간을 끌려는 수작인 것 같습니다."

"황제가 있는 것이 분명합니다. 그렇지 않고서야 어찌 저리 길을 막고 있겠습니까."

"황제가 얼음방패성에 들어갈 시간을 벌기 위해 저리 나선 것 같습니다."

징벌관들의 말에 의장은 짙은 미소를 지어 보였다.

의장 역시도 길을 가로막고 있는 게 근위 기사단이라는 것을 알고서 징벌관들과 같은 생각을 했기 때문이다.

"기마전을 생각하고 있는 모양입니다."

의장이 비웃음을 보였다.

"우리가 이전의 징벌관과 같다고 생각하는 모양이군. 그것이 착각이라는 것을 알려 줘야겠어."

신관 출신의 징벌관이 기병대의 공격에 취약하다는 것은 분명한 사실이다.

그 약점을 보호하기 위해서 자신들이 나선 것 아니겠는가.

의장이 황제 사냥대에게 소리쳤다.

"침략군 우두머리인 황제의 근위 기사단이 하늘 신의 성스러운 기사인 우리의 길을 가로막고 있다. 저들이 얼마나 어리석은 짓을 저질렀는지 깨닫도록 할 것이다."

황제 사냥대는 동시에 하늘 신을 찬양하는 기도를 올렸다.

"전지전능하신 하늘 신께서 우리를 보호해 주실 것이다. 적에게 하늘 신의 분노를!"

의장의 선창하자 황제 사냥대가 함께 후창하면서 근위 기사단을 향해 돌격했다.

"적에게 하늘 신의 분노를!"

"적에게 하늘 신의 분노를!"

황제 사냥대는 돌격하는 와중에 미세하게 11개 무리로 나누어졌다.

11개 무리마다 중심이 되는 자들이 있었는데.

그들이 바로 성기사 출신 죄악 징벌관이었다.

죄악 징벌관의 몸에서 하얀 기운이 일렁거리자 함께 무리를 지어 달려 나가는 성기사들의 눈에서도 하얀빛이 솟구쳤다.

성기사들은 한 손에는 고삐를 잡고 다른 한 손으로는 검을 잡아 하늘로 들어 올렸다.

"하늘 신에게 영광을!"

"하늘 신에게 영광을!"

맞은편에서 태양이 새겨진 망토를 휘날리며 근위 기사단이 창을 앞세워 빠르게 다가오는 것이 눈에 들어왔지만 두려움 따위는 존재하지 않았다.

창 따위로는 하늘 신의 은총을 받은 죄악 징벌관을 저지할 수 없었으니까.

"겁을 상실했구나. 감히 하늘 신의 기사인 우리와 정면으로 맞붙을 생각을 한다니."

의장은 회피 기동을 하는 것이 아니라 자신들을 곧장 달려오는 근위 기사단을 비웃었다.

"산산조각 내버려라. 하늘 신의 성스러운 사명을 가로막는 적들에게 신벌을 내려라!"

황제 사냥대와 근위 기사단이 정면으로 부딪쳤다

의장은 근위 기사단이 비명도 지르지 못하고 육체가 산산조각 날 것이라 여겼다.

죄악 징벌관의 힘을 받은 성기사는 커다란 바위도 부숴 버릴 정도로 강했다.

말랑한 인간의 육체로는 버텨낼 재간이 없는 것이다.

의장이 '산산조각 내라!'라고 소리친 건 비유가 아니었다.

그런데 이상한 일이 벌어졌다.

황제 사냥대가 비명을 내지르며 낙마했다.

의장이 확인한 것만으로 하더라도 20명이 넘는 성기사가 창에 찔려 말에서 떨어졌다.

의장은 자신의 눈을 의심했다.

"이게……!"

어째서 징벌관과 성기사들이 쓰러질 수 있단 말인가.

사람은 생각지도 못한 일을 겪으면 몸이 굳고 사고가 정지해 버리는 경우가 있다.

의장이 딱 그랬다.

그랬기 때문이었을까.

의장은 자신을 향해 날아오는 창을 보지 못했다.

가슴에 느껴지는 차가운 기운과 함께 어마어마한 통증이 느껴지자 정신이 번쩍였다.

의장은 본능적으로 손에 들고 있는 검을 창이 날아온 방향

폐황제가
되었다

으로 집어던졌다.

　나름의 몸부림이었지만 날아오는 창은 하나만이 아니었다.

　잠시 후 의장의 몸에 4개의 창이 더 파고들었다.

　'어째서?'라는 것이 의장이 떠올릴 수 있는 마지막 생각이었다.

대회전

　육국 지원군 총사령관 막사.

　여섯 국가를 대표한 자들이 모두 자리해 있었다.

　제국군이 3km 정도 떨어진 곳에 자리를 잡고 대치 중인 걸 감안한다면 이들의 모임이 이상하진 않았다.

　누군가 이 모습을 보았다면 제국군과의 회전을 어떻게 치를 것인지를 의논한다고 여길 것이다.

　현시점에서 육국 지원군과 신성국의 지상 과제였으니까.

　"트라오 국왕은 어디에 있습니까?"

　"징벌관과 심판관을 데려오기 위해서 왕궁에 갔습니다."

　징벌관과 심판관은 이번 회전에서 대단히 중요한 이들이었다.

제국군의 마법 대포를 무력화시킬 수 있는 유일한 존재였으니 말이다.

"다행이군요."

"회전을 앞두고 트라오 국왕이 열정적으로 움직이는 통에 이런 자리를 마련하는 것이 대단히 곤욕스러웠습니다."

"저도 난감해서 혼났습니다. 제국군의 움직임이 날이 갈수록 활발해지는 와중이었으니 말입니다. 그렇다고 밤늦게 몰래 만났다가는 트라오 국왕이 의심했을 테니까요."

"어쨌든 이제라도 만났으면 되었지요."

이상한 일이다.

어째서인지 육국 지원군 지휘부는 트라오 국왕을 꺼리고 있었다.

제국군과 맞서는 데 가장 중요한 전력은 징벌관과 심판관이다.

즉, 그들을 책임지고 있는 트라오 국왕은 그야말로 핵심 중 핵심이라 할 수 있다.

그런데 어째서 그를 피하고 있는 것일까?

육국 지원군 총사령관(벤포드군 사령관)이 좌중을 돌아보며 의견을 물었다.

"다들 이제 결정을 내리신 것입니까?"

가장 먼저 답한 것은 케인과 트로비치 왕국군의 사령관들이었다.

폐황제가 되었다

둘은 눈 마주치고서 차례대로 답했다.

"아국은 총사령관의 뜻에 따를 것입니다."

"아국 또한 마찬가지입니다."

나머지 왕국에서도 비슷한 의견을 내자 총사령관은 내심 크게 기뻐했으나 겉으로는 담담함을 유지했다.

"모두가 뜻이 같다는 것을 확인했습니다. 하지만 이번 일은 반드시 이루어지는 것이 아닙니다. 조만간 있을 제국군과의 회전에서 트라오 국왕의 말처럼 황제를 처리한다면 상황은 달라질 것입니다."

트로비치 왕국의 사령관이 말했다.

"당연히 그래야지요. 황제를 처리한다면 제국은 구심점을 잃고 빠르게 무너질 것입니다. 우리는 그것을 놓쳐서는 안 되는 것이고요."

"그런데 황제를 어떻게 잡는다는 것일까요?"

"저도 그것이 궁금합니다. 황제가 전선에 나왔다곤 하지만 쉽게 잡힐 것 같지는 않은데요."

"제국군의 주축은 모리스 가문을 중심으로 하는 서부 귀족군입니다. 그자들이 쉽사리 황제에게 가는 길을 열어 줄 리가 없습니다."

케인 왕국군 사령관이 달아오른 열기를 진정시켰다.

"황제를 어떻게 잡을 것인지는 회전이 시작되면 알게 될 일입니다. 그건 트라오 국왕에게 맡기도록 하시죠. 뭔가 수가 있으니 자신 있게 말했겠지요."

트로비치 왕국군 사령관도 케인 왕국군 사령관의 말을 거들었다.

"황제에 관한 것은 접어 두고 마법 대포에 대해 집중하도록 합시다. 만약 우리 계획대로 된다면 앞으로 가장 큰 걸림돌은 마법 대포 아니겠습니까."

마법 대포라는 말에 다들 표정이 심각해졌다.

아직 경험하진 못했으나 신성국을 통해서 마법 대포의 위력에 대해 귀가 따가울 정도로 들었다.

그들이 말한 위력의 절반만 되어도 마법 대포는 육국 지원군에게 부담스러운 무기였다.

총사령관이 말했다.

"이번 회전에서 기회가 된다면 마법 대포라는 것을 노획하도록 해야 할 것입니다. 그리고 마법 대포를 확보하시면 동맹군에게 공유해 주셔야 합니다."

"물론입니다."

"당연히 그렇게 해야죠."

동맹군 사령관들은 누구랄 것 없이 알겠다고 답하긴 했으나 실제로는 어떻게 될지는 두고 볼 일이다.

무엇보다 제국군이 순순히 마법 대포를 빼앗겨 줄지도 미지수였다.

폐황제가
되었다

신성국과 그들을 돕기 위해서 나선 육국 지원군과 회전을 벌이기 위해 새롭게 구축된 토벌군 군영 중심에 봉긋하게 솟아오른 건축물이 있었다.

자연적으로 만들어진 작은 언덕에 널찍한 전망대를 세운 것이다.

언덕에 마련된 전망대에 오르면 너른 평야가 한눈에 들어왔다.

그런데 시원스러운 평야를 가로막는 존재가 있었으니.

바로 신성국과 육국 지원군이었다.

샤겔은 적의 군영을 바라보다가 시선을 전망대 곳곳에 배치되어 주변을 경계하고 있는 근위 기사들에게 옮겼다.

'만만한 상대가 아니었을 것인데.'

닷새 전 군영을 벗어났던 황제가 복귀했다.

대외적으로는 회전을 앞두고서 황제를 비교적 안전한 얼음 방패성 모시기 위함이라 알렸다.

황제가 뒤로 물러난다는 소식에 병사들은 불평이 아닌 안도감을 나타냈다.

전투 중에 황제가 적에게 노출되어 위기에 처한다면 전쟁에 악영향을 미친다는 것을 알고 있었기 때문이다.

황제가 전쟁에 참여한다면 분명 병사들 입장에서 힘이 나겠지만 최전방까지 나선다면 불안할 수밖에 없다.

궁지에 몰린 상태라면 어쩔 수 없는 선택이지만 현재 토벌군은 스스로 전쟁에서 승기를 잡았다고 여기는 중이었다.

이런 상황에서 황제가 적에게 잡히거나 죽게 된다면 전황은 일순간에 역전된다.

여하튼 그랬던 황제가 돌아왔다.

그것도 성기사들을 제압해서 말이다.

놀라운 점은 여기서 그치지 않았다.

제압해서 끌고 온 성기사 중에는 하늘 신 교단의 고위직과 새로운 죄악 징벌관이 11명이나 포함되어 있었다.

물론 대다수가 시체였지만 말이다.

샤겔은 이를 확인하고서 황제가 군영 밖으로 나간 이유를 알아차렸다.

근위 기사단과 그림자 기사단을 대동해 직접 죄악 징벌관들을 잡아 온 것이다.

샤겔은 전후 사정이 궁금해 황제에게 직접 물었고 하늘 신 교단이 준비한 황제 사냥대라는 존재에 대해 알게 되었다.

이런저런 설명이 이어지긴 했으나 결국 황제가 직접 광신도들로 이루어진 결사대를 잡아냈다는 것이 아닌가.

샤겔은 황제의 대담함에 경악할 수밖에 없었다.

'지금 생각해도 아찔하군.'

황제 사냥대에 포함된 죄악 징벌관에 대한 대비책을 마련해 놓았다곤 하지만 상대는 전원 성기사로 이루어져 있는 집단이었다.

'나 같으면 엄두도 못 낼 것인데.'

샤젤은 아버지가 어째서 그토록 황제를 두려워했는지 알 수 있을 것 같았다.

주목해야 할 것은 또 있었다.

지금까지 이렇다 할 존재감을 보여 주지 못했던 근위 기사단의 활약이다.

성기사로 이루어진 황제 사냥대를 큰 인명 피해 없이 제압했다는 것이다.

반란군이긴 하나 성기사들은 결코 만만한 자들이 아니다.

물론 황제를 통해 근위 기사단이 황제 사냥대를 손쉽게 제압할 수 있었던 이유를 듣긴 했다.

성기사 출신의 새로운 죄악 징벌관에 대한 과도한 믿음이 산산조각이 나면서 그야말로 순식간에 쓸려 버렸다는 것이다.

샤젤은 근위 기사들을 바라보며 속으로 중얼거렸다.

'아무리 그래도 급조한 자들일 것인데…….'

근위 기사들의 실력을 가늠해 보고 있는 샤젤에게 황제가 물었다.

"병사들의 반응은 어떤가?"

"폐하께서 군영으로 복귀하시어 다소 놀라긴 했으나 마법 방어구가 지급되자 납득하는 듯합니다."

황제는 군영으로 복귀하면서 대대적으로 마법 방어구를 풀었다.

　얼음방패성으로 물러났다가 다시 전선으로 복귀한 이유를 마공부에서 보낸 마법 방어구를 전달하기 위함이었다고 포장한 것이다.

　"짐이 전선에 나선 것에 대한 불안감은 없는 것인가?"

　"몇몇 이들은 폐하의 안위에 대한 걱정을 여전히 하고 있으나 마법 방어구가 지급되고 마법 대포까지 배치되자 승리를 확신한 덕분인지 별다른 이야기가 없는 상황입니다."

　"이겼다고 생각하는 것은 좋은 일이지만 방심은 금물이야."

　"토벌군 모두 오랜 시간 전장을 누볐던 베테랑입니다. 자신감과 자만심을 명확하게 구분할 것이옵니다. 만약의 사태에 대비해 베테랑 병사들로 하여금 정신 교육을 하고 있습니다."

　"자신감과 자만심을 구분할 수 있다면 그것보다 좋은 것은 없지. 그것보다 적의 숫자가 얼마나 되는 것 같나?"

　샤겔은 지체 없이 답했다.

　"17만에서 18만 사이입니다."

　"기병은?"

　"5~6만인 것으로 파악되었습니다."

　"꽤 많군."

　"기병 숫자가 많기는 하지만 대다수가 경기병이고 완전한 무장을 갖춘 기병은 1만 정도에 불과합니다."

샤겔의 얼굴은 자신감으로 가득한 상태였다.

토벌군의 기병은 3만이지만 절반 이상인 2만 5천이 경비병만큼이나 날랜 중무장 기병이다.

누군가 이와 같은 말을 들었다면 어처구니없다는 반응을 보였을 것이다.

경비병처럼 날랜 중무장 기병이 어디에 존재한단 말인가.

말장난과 같은 날랜 기병은 토벌군에 실제로 존재했다.

제국 마공부에서 지원받은 경량화 갑옷을 통해 경비병만큼이나 날랜 중무장 기병이 갖추어져 있는 것이다.

거기에 더불어 베테랑 궁병에게 지급된 마법 활과 200문에 달하는 마법 대포까지 더해진다면 이번 회전에서 패배하는 그림은 그리려고 해도 그릴 수가 없었다.

"적들도 마법 대포의 위력을 알고 있는 만큼 어떻게든 공략하려 들겠지."

"그에 대한 대책도 마련되어 있습니다. 마법 방패로 무장한 보병들이 마법 대포를 지켜 낼 것입니다."

샤겔의 대답에 고개를 끄덕이던 익스가 말했다.

"적이 징벌관과 심판관을 배치했군. 지휘관들도 바삐 움직이는 것으로 보아 이제 곧 시작되겠어."

전망대의 시야가 트여 있기는 하지만 적의 움직임을 세밀하게 파악하긴 어려웠다.

'보이시는 건가?'

샤젤으로서는 당연한 의문이었다.

만약 황제의 손에 망원경이라도 들려 있었다면 의문을 가지지 않았을 것인데.

이상한 점은 여기서 그치지 않았다.

황제 주변에 있는 자들이 모두 당연하다는 반응을 보였다는 것이다.

근위 기사단과 그림자 기사단은 곧바로 경계 태세에 들어갔고, 유벤은 망원경으로 적진을 살폈다.

'예측하신 건가?'

샤젤이 고개를 갸웃거리고 있을 때, 정찰대가 복귀해 적이 움직이고 있다는 것을 알렸다.

적의 대군이 움직였다면 회전이 시작되었음을 뜻한다.

샤젤은 눈을 동그랗게 뜨고 황제를 바라보다가 이내 머릿속에 떠오른 사실에 납득했다.

태양 신의 화신으로서 언제나 태양 신이 은총과 축복이 따르는 황제가 아니던가.

수많은 기적을 만들어 낸 황제에게 적의 진영을 세밀하게 살피는 것은 놀라운 축에도 들어가지 않았다.

샤젤은 황제 앞으로 나서서 한쪽 무릎을 꿇고 말했다.

"반역자 무리를 물리쳐서 폐하께 승리를 바치도록 하겠습니다."

"승리를 가져오길 기다리고 있겠다."

샤겔은 황제를 향해 예를 표하고 전망대에서 내려와 말에 올랐다.

토벌군은 샤겔의 지휘에 맞춰 이동을 시작했다.

트라오 국왕은 침략군이 전진하는 것을 확인하고 징벌관과 심판관 위치를 다시 한번 확인했다.

첫 번째 회전에서 무참하게 패하긴 했으나 건진 것이 아예 없는 것은 아니었다.

침략군 전투가 어떠한 방식으로 이루어지는지를 파악할 수 있었다.

"각국 사령관에게 다시 전령을 보내라. 마법 대포의 위력이 무시무시하지만 놀라지 말고 자리를 지키라고 말이야."

마법 대포가 무한대로 포탄을 쏟아 내는 것은 아니었다.

초반에 쏟아질 마법 대포의 공격만 버텨 내면 잦아들 것이다.

'문제는 놈들이 마법 대포를 몇 대나 가지고 있느냐가 되겠지.'

마법 대포로 인해 가슴이 답답했으나 트라오 국왕은 황제 사냥대를 떠올렸다.

'황제만, 황제만 잡으면 되는 거야!'

나팔 소리가 평야에 울려 퍼졌다.

침략군이 전진을 멈춤과 동시에 하늘에서 화염 덩어리가 날아왔다.

익스는 200대의 마법 대포가 동시에 불덩어리를 쏟아 내는 것을 바라보았다.

화염 덩어리 200개가 하늘을 뒤덮었다.

여기저기서 탄성과 환호성이 터져 나왔다.

"엄청나군."

"아름다워 보이기까지 합니다."

"화염 덩어리 하나가 가진 파괴력을 생각하면 아름다운 것이 아니라 무시무시한 거지."

탄성은 지휘관과 기사들의 몫이었고 토벌군 병사의 입에선 환호성이 터졌다.

"저놈들 오줌 지리겠는 걸."

"겁을 먹고 이대로 도망갈지도 모르지."

화염 덩어리 200개가 탄성과 환호성이 절로 나올 만큼 하늘을 뒤덮었으나 생각보다 적게 많은 피해를 주진 못했다.

폭발을 일으킨 화염 덩어리는 5개에 불과했기 때문이다.

마법 대포의 조준이 잘못되어 엉뚱한 곳으로 떨어진 것이 아니다.

설사 조준이 엉망이었더라도 20여 만에 달하는 병력이 몰려 있었기에 사실상 물 반, 고기 반이나 다름이 없었다.

대병력이 몰려 있었기에 포수가 눈을 감고 각을 맞추었다 해도 얼마든지 적에게 피해를 줄 수 있었다.

그렇다면 나머지 화염 덩어리는 어떻게 되었을까?

한마디로 표현하자면 사라졌다.

화염 덩어리가 적 진영까지 날아가다가 낙하할 때 마치 원래 없었던 것처럼 흩어져 버린 것이다.

"징벌관과 심판관의 배치가 촘촘하군."

익스의 중얼거림을 받은 것은 유벤이었다.

"첫 번째 회전에서 마법 대포에 된통 당하지 않았습니까. 적들이 바보가 아닌 이상 당연히 대책을 마련해 두었을 겁니다."

"누구 작품인지는 모르겠지만 마법 대포 조준 지점을 정확히 파악했어. 그건 확실히 놀라운 일이야."

"조금만 생각해 보면 마법 대포가 어디를 노릴 것인지 알 수 있습니다."

"어떻게?"

"마법 대포라는 무기가 가지는 목적이 무엇이겠습니까. 적에게 큰 피해를 주는 것입니다. 마법 대포가 쏘는 화염 덩어리의 폭발 효과를 크게 하려고 최대한 넓게 퍼트려 쏠 것이라는건 조금만 생각해 보면 알아낼 수 있습니다."

"그렇게 했다면 아군 포수들도 대응에 나섰겠지."

익스의 말대로 마법 대포가 합동 사격에 들어갔다.

"적의 대응으로 보아 이에 대한 대비도 되어 있을 겁니다. 합동 사격을 한다고 해도 200대의 마법 대포가 동시에 한 곳을 공격하진 않을 테니까요."

전황은 유벤의 말처럼 흘러갔다.

200대의 대포가 합동 사격을 통해 노린 목표는 15개였다.

이 중에서 폭발을 일으킨 화염 덩어리는 3개에 불과했다.

익스는 적들의 대처를 칭찬할 수밖에 없었다.

"대처가 좋군."

"이 또한 첫 번째 회전에서 쓰였던 방식이었습니다. 합동 사격이 이루어지더라도 결국 공격할 곳은 정해져 있으니까요."

익스도 바람 정령을 통해 적의 진영을 살피고 있었지만 워낙 넓게 분포되어 있었기에 세세하게 다 살피기는 어려웠다.

"적 지휘관은 아군의 전략을 간파했다는 것이군."

"간파했다기보다는 상식적인 선에서 움직인 것입니다. 합동 공격을 통해 주요 지점을 공격하려 든다면 목표는 어렵지 않게 유추할 수 있지요. 회전이 본격적으로 이루어질 때 가장 부담스러운 존재부터 처리하려는 것은 당연한 이치가 아니겠습니까. 적 지휘관은 이러한 점을 고려해 대비책을 세워 두었을 것입니다."

익스는 유벤의 전황 예측이 어디까지 맞아 들어갈지 궁금해 계속 물었다.

"궁병과 기병 쪽에 징벌관과 심판관이 몰려 있다는 것을 우리 쪽도 이제 알아차린 만큼 새로운 공격에 나서게 될 거야. 이번에도 적들이 적절하게 대처할 것 같나?"

"이제부터는 적 지휘관의 성향에 따라 대처 방법이 달라질 것입니다."

"자세히 설명해 보게."

"아군이 이전 두 번의 실패를 거울삼아 합동 공격할 대상을 줄이고 한 곳만 집중적으로 공격한다고 생각해 보십시오."

"그렇게 되면 징벌관과 심판관이 아무리 많아도 막아 내기 어렵겠지."

"운 좋게 주변에 징벌관과 심판관의 숫자가 많다면 어찌어찌 막아 낼 수도 있겠지만 이 넓은 전장에 과연 그런 곳이 몇 군데나 되겠습니까."

유벤이 손으로 적을 가리키며 말을 이었다.

"폭발력을 지닌 화염 덩어리를 쏟아 내는 마법 대포가 있다는 것을 알고도 저렇게 밀집 대형을 유지하고 있는 무엇이겠습니까. 징벌관과 심판관의 힘을 더욱 효과적으로 사용하기 위함일 것입니다."

"자네 말대로라면 진영을 더욱 밀집시킬 수도 있겠군."

"그러하옵니다. 소신이 보기에 적의 선택지는 둘입니다. 하나는 폐하께서 언급하신 것처럼 희생을 감수하면서 마법 대포가 힘을 다할 때까지 버티는 것입니다. 징벌관과 심판관이 만들어 내는 안전 범위 안으로 병력을 밀집시킨다면 시도해 볼 만한 선택이지요."

마법 대포가 실전에 사용되긴 했으나 완벽하다고 할 수는 없었다.

가장 큰 문제는 마법 대포가 한 번에 쏠 수 있는 화염 덩어리가 최대 5개라는 것이다.

이조차도 사거리가 늘어나면 발사할 수 있는 화염 덩어리의 숫자가 줄어든다.

마법 대포가 다시 불을 뿜기 위해서는 3~4시간 정도의 휴식 시간을 가져야 했다.

포신과 마나 제어기의 안정성을 확보하려는 조치다.

만약 이를 무시하고 마법 대포를 난사했다가는 뒷감당이 만만치 않았다.

"한번 당해 봤던 만큼 마법 대포의 한계를 어느 정도 알고는 있다면 확실히 좋은 전략이 되겠어. 그러면 나머지 하나는 뭔가?"

"총공격에 나서는 것입니다."

"난전을 유도하겠다는 것이군."

"병력 운영의 선택권이 제한된다는 단점이 있긴 하나 이것만큼 마법 대포를 확실히 무력화시킬 전략은 없지요. 더군다나 저들의 목적을 생각해 보면 두 번째를 선택할 확률이 높습니다."

적과 아군이 뒤섞인 상황에서는 활조차 함부로 쏠 수 없는 법이다.

마법 대포는 오죽할까.

유벤이 적들의 선택이 둘이라 선언한 순간이었다.

땅이 울리기 시작했다.

작은 지진이 발생한 것처럼 땅이 흔들리는 이유는 어렵지 않게 짐작할 수 있었다.

"선택한 모양입니다."

"자네 말대로 총공격이야."

"가장 먼저 움직이는 것은 기병일 것입니다. 마법 대포를 견제함과 동시에 후방을 노리고자 함이지요."

적 진영의 좌익과 우익 끝에서 엄청난 숫자의 기병이 파도처럼 밀려들었다.

새까맣다고 표현해야 할 정도로 많은 숫자였다.

제국군도 가만히 있지 않았다.

가장 먼저 반응한 것은 역시나 마법 대포였다.

재빨리 포신을 옮겨 개미 떼처럼 몰려오는 적의 기병을 향해 불을 뿜었다.

"심판관들이 기병 사이에 끼어든 모양이군."

"적 기병들의 움직임 또한 기민합니다."

아예 피해가 없는 것은 아니지만 적군 기병은 마법 대포의 공격을 적절하게 회피하고 있었다.

마법 대포가 기병을 목표로 하자 잔뜩 웅크리고 있던 본진이 꿈틀거리며 기지개를 켰다.

"본진도 움직이고 있습니다."

적군 본진의 움직임을 한마디로 표현하자면 주먹을 쥐었다가 펼치는 것과 같았다.

밀집 대형에서 벗어나 좌우로 날개를 펼치며 돌격을 시도했다.

"결국 숫자를 앞세워 에워싸겠다는 것이군."

"병력 우위를 앞세우는 것만큼 확실한 전략이 어디에 있겠습니까."

"하긴 기만술이라는 것은 결국 열세를 극복하기 위해 고안되는 것이니까."

"개활지로 병력을 이끌고 나왔다는 것 자체가 양쪽 모두 정면 승부에 자신이 있기 때문입니다. 기만술을 쓸 이유가 없을 것이고 기만술을 쓰고자 했다면 애초부터 회전에 나서지도 않았겠지요."

"반란군도 자신이 있다는 것이군."

"마법 대포가 부담스럽긴 하지만 죄악의 돌을 믿고 있을 겁니다. 이번에 투입된 징벌관과 심판관의 숫자를 떠올려 보십시오. 그리고 저들이 그리고 있는 승리 조건은 일반적인 경우와 거리가 멀지 않습니까."

익스가 작게 웃음을 터트렸다.

"맞아. 짐을 노리고 있으니까."

"숨겨 놓은 성기사들이 기회를 엿보고 있다고 철석같이 믿고 있는 만큼 이번 회전을 난전으로 만들고자 할 것입니다."

"악착같이 덤벼들겠군."

익스는 시스템이 제공하는 에소니아 제국 황제의 특수 능력을 확인했다.

-전쟁(전쟁 참여 시)

-사기 +100%

-전투력 +100%

-방어력 +100%

-아군 피해(부상, 사망) -50%

-결사 항전(항복하지 않음)

익스가 한사코 전쟁에 참여한 이유 중 하나가 바로 이것이었다.

사기와 전투력, 방어력이 두 배나 상승한다.

아무리 강력한 적이 있더라도 자신이 함께하는 것만으로 물리칠 수 있다는 뜻이다.

적들은 자신들에게 승기가 있을 것이라 여기겠지만 시스템이 제공하는 특수 능력이 적용된다면 아군의 전력은 두 배 이상 커진다.

'전투 지원 시스템이 아쉽네.'

실시간 전력 분석이 있었다면 아군과 적의 전투력을 더 정확하게 파악할 수 있을 것인데.

익스가 속으로 전투 지원 시스템이 시스템 업그레이드로 사라진 것에 아쉬워하고 있을 때, 라칸이 앞으로 나섰다.

익스는 라칸이 먼저 입을 떼기 전에 말했다.

"나서고 싶은 모양이군."

라칸은 익스를 향해 머리를 조아렸다.

"송구하옵니다. 근위 기사로 폐하를 모셔야 할 것이나 이번 회전을 한시라도 빨리 끝내는 것 또한 폐하를 호위하는 한 가지 방법이라 생각합니다."

"근위 기사단의 숫자는 고작 백에 불과해. 얼마 전에 있었던 기마전에서 다친 자들을 제외하면 90뿐이지. 수십만의 병력이 부딪히는 회전에서 영향을 미치기에는 너무 적은 숫자지."

"소장들은 여전히 죄악의 돌을 가지고 있습니다."

"징벌관과 심판관을 노리겠다?"

"그러하옵니다. 죄악의 돌을 가진 자들을 무력화시킨다면 적은 빠르게 무너질 것입니다."

"맞는 말이지. 그런데 짐이 보기에 일링 가문의 기병대와 싸워 보고 싶어서 나서는 것 같단 말이지."

일링 가문의 기병대는 예부터 남부 지역 최강이라는 평가는 물론이거니와 제국 전체로 보아도 적수를 찾기 어렵다는 평가를 받아 왔었다.

만약 근위 기사단이 나서서 남부 지역 최강이라는 일링 가문의 기병대를 물리친다면.

그것도 수십만에 달하는 이들이 지켜보는 가운데 승리한다면 근위 기사단의 위상과 인지도는 한순간에 하늘 뚫고 올라갈 것이 분명했다.

"짐이 전략 회의에서 징벌관과 심판관을 일링의 기병대가 보호하는 중이라고 말한 것을 용케 잊지 않은 모양이군."

라칸은 딱히 반박하지 않고 고개를 조아린 채 익스의 허락을 기다렸다.

"좋아. 근위 기사들의 실력은 이미 짐이 직접 확인했으니까. 대신 한 가지 조건이 있어."

"하명하시지요."

"자네들이 성기사를 상대로 선전하긴 했으나 수십만이 격돌하는 난전은 그것과 다른 전투가 될 거야. 그런 전투에서 근위 기사가 얼마나 능력을 발휘할지 궁금해. 그렇다고 짐이 직접 나서서 확인하긴 힘들지. 그러니 그림자 기사단에서 한 분을 붙일까 해. 일종의 평가라고 보면 되네. 어떤가?"

라칸은 한 치의 망설임도 없이 답했다.

"폐하의 뜻에 따르도록 하겠습니다."

"좋아! 마침 광신도를 도와주겠다고 나선 다른 반란군도 있으니 놈들에게 제국의 근위 기사가 얼마나 무서운 존재인지 각인시켜 주도록 해."

익스가 평가를 위해 그림자 기사를 붙이겠다고 말하긴 했으나 이는 핑계였다.

진정한 목적은 따로 있었다.

시스템이 제공하는 '요정 대륙의 네르한'이라는 칭호가 주는 특수 능력을 발동시키기 위함이었다.

얼얼한 뒤통수

트라오 국왕은 이번 회전에서 마법 대포 공격을 최대한 받아 낼 생각이었다.

이번 회전에 나선 징벌관과 심판관으로 충분히 가능할 것이라 여긴 것이다.

그러나 하늘을 뒤덮은 200개의 화염 덩어리를 보고서 적이 보유한 마법 대포의 숫자가 늘어났음을 알아차렸다.

순간 숨이 턱하고 막혔으나 징벌관과 심판관의 활약으로 어느 정도 안도할 수 있었다.

그들은 신실한 하늘 신의 신도라는 것을 증명이라도 하겠다는 듯이 몸을 아끼지 않고 화염 덩어리를 무력화시켰다.

힘을 과하게 사용해 탈진한 징벌관이 있긴 했지만 이러한 희생 덕분에 생각한 것 이상으로 많은 마법 대포의 공격을 막아 냈다.

'좋아!'

트라오 국왕은 전황이 예상보다 좋다고 여겼으나 생각지도 못한 문제가 튀어나왔다.

육국 지원군이 대단히 실망스러운 모습을 보인 것이다.

징벌관과 심판관이 미처 처리하지 못한 화염 덩어리가 폭발하자 충격으로 정신을 놓은 것이다.

이는 병사나 지휘관 할 것 없이 모두 마찬가지였다.

트라오 국왕은 이를 갈았다.

'그렇게 말을 했건만!'

마냥 불평을 토로하고 있을 때가 아니라는 것을 금세 깨달은 트라오 국왕은 전면에 나서서 정신이 나간 육국 지원군 총사령관을 대신해 병력을 이끌었다.

이로 인해 준비된 계획을 변경해야만 했다.

징벌관과 심판관을 믿고 밀집대형을 유지해 마법 대포가 힘을 잃을 때까지 기다리려고 했으나 지속하기 어려워졌다.

육국 지원군 병사들이 폭발하는 화염 덩어리에 두려움을 느끼고 밀집대형에서 자꾸 벗어나려고 했기 때문이다.

트라오 국왕은 기존의 계획을 폐기하고 전면전에 돌입했다.

후방에 대기하고 있던 5만 5천의 기병대가 돌격 명령을 받고 진격했다.

5만 5천의 기병은 적에게 위협을 주기에 충분했다.

마법 대포가 기병대를 노리고 있는 것만 보아도 충분히 알 수 있었다.

트라오 국왕은 이 기회를 놓치지 않고 소리쳤다.

"돌격하라! 싸워라! 싸워야 화염 덩어리에서 벗어날 수 있다."

가장 먼저 호응에 나선 것은 신성국군이었다.

이번 회전에 신성국의 운명이 걸려 있다는 것을 잘 알고 있었기에 적극적으로 나선 것이다.

함성은 전염병처럼 빠르게 퍼져 귀청이 떨어져 나갈 정도로 커졌다.

덕분에 마법 대포에 놀란 육국 지원군이 정신을 차렸고, 신성국군을 따라 침략군을 향해 돌격했다.

20여만 달하는 병력이 침략군을 향해 달려 나가자 땅이 흔들렸다.

트라오 국왕의 시선은 5만 5천의 기병대에 향해 있었다.

저만한 숫자라면 마법 대포가 있는 적의 후방을 충분히 제압할 수 있을 것이다.

마법 대포만 아니면 적은 그리 두려운 존재가 아니었다.

"가만히 지켜보고 있을 리가 없지."

트라오 국왕은 침략군 진영 후방에서 달려 나오는 기병대를 확인했다.

그러나 그리 위협적으로 느껴지지 않았다.

숫자에서 확연히 차이가 났기 때문에 얼마든지 제압할 수 있을 것이라 여긴 것이다.

트라오 국왕은 아군 기병대가 침략군을 무참히 짓밟는 장면을 기대했다.

그러나 통쾌한 장면을 느긋하게 지켜볼 여유 따위는 없었다.

회전과 같은 대규모 병력이 맞붙는 전쟁터에서는 시시각각 전황이 뒤바뀌는 법.

"전하! 활입니다. 침략군의 화살이 쏟아지고 있습니다."

"화살이라니?"

트라오 국왕은 돌격하는 아군을 향해 쏟아지는 화살을 보고서 적의 위치를 살폈다.

아군의 돌격에 맞춰 전진하던 적들이 어느새 이동을 멈추고 화살을 쏟아 내고 있었다.

그에 맞서 아군 또한 화살로 반격을 가했으나 사거리가 턱없이 모자랐다.

"적의 사거리가 월등합니다!"

트라오 국왕은 얼굴이 잔뜩 일그러지긴 했으나 속수무책으로 당하고 있지만은 않았다.

"푸른 기를 올려라!"

푸른 깃발이 펄럭이자 눈에서 하얀 기운을 뿜어내는 자들이 전면에 나섰다.

비처럼 쏟아지는 화살로 인해 금방 고슴도치가 될 것 같았지만 신기하게도 모조리 튕겨졌다.

이들의 정체는 징벌관과 심판관에게 힘을 전달받은 교단의 신병들이었다.

신병에 이어서 기병도 뛰쳐나왔다.

일링 가문이 자랑하는 기병대.

신병은 적을 상대하는 징벌관과 심판관을 보호하기 위한 전력이었다.

트라오 국왕은 군의 핵심 전력을 너무 이른 시간에 투입하는 것 같아 아쉽기만 했다.

'어쩔 수 없지.'

징벌관과 심판관이 종일 힘을 사용할 수 있는 게 아니었기에 최대한 늦게 투입하는 것이 좋았는데.

트라오 국왕의 시선이 잠시 전장이 아닌 곳으로 벗어났다.

'의장께서 알아서 판단하시겠지.'

그때였다.

"전하! 근위 기사들입니다. 황제의 기사들이 나섰습니다. 저 길 보십시오."

멀리서도 확연히 눈에 들어왔다.

망토를 휘날리며 달려오는 백여 명의 기사들.

"빠르군."

완전무장을 하고 있음에도 근위 기사의 속도는 놀라운 정도로 빨랐다.

마치 경기병을 보는 것만 같았다.

'드디어 기회가 왔다.'

트라오 국왕의 얼굴이 크게 밝아졌다.

근위 기사단이 나섰다는 것은 그만큼 황제의 호위가 줄었다는 것을 의미한다.

이는 새벽하늘 기도회 의장이 이끄는 황제 사냥대가 움직일 때가 되었다는 뜻이기도 했다.

'생각보다 빨리 끝날 수도 있겠어.'

트라오 국왕은 황제 사냥대의 존재로 이번 회전이 손쉽게 마무리될 수도 있을 것이라는 희망을 품었으나 이는 그리 오래가지 못했다.

트라오 국왕의 희망이 산산조각 난 것은 징벌관과 심판관의 힘을 받은 교단의 신병들이 근위 기사단과 부딪힌 순간부터였다.

트라오 국왕의 상식으로는 근위 기사단이 쓰러져야만 했다.

교단의 신병들은 하늘 신의 축복으로 무적이지 않던가.

그런데 무적의 신병들이 근위 기사단이 들고 있는 창에 무참히 찢겼다.

"어, 어찌……!"

트라오 국왕의 충격은 여기서 그치지 않았다.

가장 먼저 나섰던 5만 5천의 기병대가 적에게 밀리고 있다는 소식이 전해진 것이다.

"그게 무슨 소리인가!"

"육국의 기병대가 계속 밀리고 있습니다."

트라오 국왕은 기병대 쪽을 살피고 싶었지만 그럴 기회가 없었다.

자신의 기병대까지 근위 기사단에 의해 쓰러지고 있었기 때문이다.

나름대로 반격을 가하려고 했으나 근위 기사단은 일링 기병대를 완전히 압도해 버렸다.

일링 기병대가 밀리자 징벌관과 심판관도 근위 기사단의 먹잇감으로 전락하고 말았다.

전황이 급속도로 나빠졌다.

'아니야. 아직 기회는 있어.'

트라오 국왕은 황제 사냥대가 나서길 기다렸다.

회전에서 패하더라도 황제만 잡으면 승리한 것이나 마찬가지였으니까.

트라오 국왕은 하늘 신에게 기도했다.

황제 사냥대가 한시라도 빨리 황제를 처리해 주길 말이다.

그러나 하늘 신을 향한 간절한 기도는 효과를 거두지 못했다.

효과는커녕 오히려 역효과를 내고 말았다.

곳곳에서 나팔 소리가 울렸다.

트라오 국왕은 눈을 부릅뜨고 육국 지원군 총사령관이 있는 곳으로 고개를 돌렸다.

퇴각을 알리는 신호였기 때문이다.

"어째서?"

적과 싸우던 기병대는 빠르게 말머리를 돌렸고 본진에 있던 육군 지원군도 부리나케 물러났다.

육국 지원군의 퇴각은 신속했다.

얼마나 전격적으로 이루어졌는지 침략군조차 눈을 동그랗게 뜨고 멍하니 바라볼 정도였다.

익스는 눈을 의심했다.

반란군이 썰물처럼 뒤로 빠지고 있었다.

상상치도 못한 상황에 익스는 말을 더듬으며 물었다.

"저, 저게 무슨 짓이지?"

유벤도 당황한 기색이 역력했다.

"소신도……."

일견엔 후퇴였으나 마냥 그렇게만 볼 수는 없었다.

"갑자기 왜 저러는 거야. 저거 유인 아니야?"

당연한 의심이었다.

회전이 시작되고 병력이 충돌하긴 했으나 아직 전면전이 이루어진 것은 아니었다.

그나마 제대로 된 전투를 벌인 것은 기병 정도에 불과하다.

물론 토벌군과 근위 기사단의 기병들이 병력의 열세 속에서 적을 밀어 붙였으며 신성국의 주력이라 할 수 있는 징벌관과 심판관을 근위 기사단이 제압하긴 했다.

언급된 전황만 보자면 확실히 제국이 유리했다.

그렇다 할지라도 완전히 승리한 것은 아니었다.

또한 반란군이 이번 회전에서 패배한 것도 아니었다.

어디까지나 토벌군이 초반 승기를 잡았을 뿐이었다.

반란군에게는 여전히 20여 만에 달하는 병력이 유지되고 있는 만큼 반격의 기회가 얼마든지 있었다.

마법 대포와 죄악의 돌이라는 양군의 핵심 전력이 사라졌으니 이후부터는 순순한 힘의 싸움이다.

시스템이 제공하는 익스의 특수 능력이 있긴 했지만 아군도 모르는 비밀을 어찌 적이 짐작할 수 있겠는가.

어쨌든 순순한 힘 싸움이 된다면 병력의 수에서 우위를 점하고 있는 적들의 입장에서 충분히 싸워 볼 만하다고 여겨도 이상하지 않았다.

한마디로 패배를 직감하고 후퇴할 때가 아니라는 것이다.

유벤은 전장을 뚫어지게 바라보며 조심스럽게 입을 뗐다.

"정말 퇴각하는 것 같습니다."

"그렇게 보이긴 해. 그런데 왜 이 시점에 후퇴를 하느냔 말이야? 유인이라 보기엔 퇴각 속도가 너무 빠르잖아."

마치 이전부터 퇴각을 준비했던 것처럼 신속했다.

유벤은 사태를 파악하기 위해 직접 전장에 나섰다.

적이 퇴각하긴 했으나 모두 물러난 것은 아니었다.

유벤은 남아 있는 적들을 사로잡아 상황을 파악하고자 했다.

익스를 비롯한 지휘부가 사태를 정확히 파악한 것은 남아 있던 자들에게 항복을 받아 낸 후였다.

유벤을 통해 소식을 전달받은 익스는 한마디를 내뱉었다.

"광신도 놈들이 제대로 뒤통수를 맞았네."

남부 지역 토벌전에서 두 번째 회전이라 불릴 헬로스 평원 전투는 싱겁다는 말로는 설명이 부족할 정도로 허무하게 끝을 맺었다.

이후 남부 지역 반란군 점령 지역에서는 그야말로 황당한 일의 연속이었다.

퇴각하던 육국 지원군은 헬로스에서 약탈을 자행했고, 이는 퇴각하는 내내 지속되었지만 제국군이 따라붙자 약탈을 포기하고 재빨리 물러났다.

육군 지원군은 이후 이상한 행동을 보이기 시작했다.

본국으로 돌아가지 않고 남부 지역 북동쪽에 자리를 잡고 그곳을 점유해 버린 것이다.

제국도 제국이지만 가장 분통을 터트린 것은 신성국일 수밖에 없었다.

육국 지원군의 뒤통수로 인해 신성국은 완전히 오틀라스에 고립되어 버렸기 때문이다.

동맹인 육국에 불만을 토로하고 싶어도 제국군에게 완전히 포위된 상태인지라 사신을 보낼 수가 없는 처지였다.

제국은 일부 병력으로 육국 지원군을 견제하고서 오틀라스 탈환에 집중했다.

오틀라스 탈환 작전이 순조롭게 진행되어 탈환을 목전에 두고 있을 때, 뜻밖의 소식이 전해졌다.

바로 반란군 세력, 그러니까 신성국을 제외한 육국의 정세에 큰 변화가 일어났다는 것이다.

이 소식을 접하고 나서야 육국 지원군, 아니 트로비치와 케인을 제외한 사국(앙그사, 벤포드, 리발튼, 슬리에) 지원군이라 말해야 할 것이다.

여하튼 사국 지원군이 남부 지역 북동쪽을 점유하고 있는 이유가 무엇인지 알게 되었다.

육국의 큰 변화란 트로비치와 케인이 서로 힘을 합쳐 4개의 세력을 둘씩 나누어 집어삼켰다는 것이다.

사국의 병력이 대규모로 빠져나가 있는 틈을 노린 것이 분명했다.

　이를 두고 익스는 이렇게 중얼거렸다.

　"통수에 통수를 친 거잖아. 당한 놈들은 뒤통수가 얼얼하겠
어."

다음 권으로 이어집니다

폐황제가
되었다

활 쓰는 대마법사

한시웅 퓨전 판타지 장편소설

거침없는 팩트 폭격으로
드래곤조차 눈치 보게 만드는
극강의 꼰대! 아니, 최강의 궁신이 나타났다!

유일하게 '신'이라 불리는 무인, 궁신 하철혁
자격을 시험받다 우화등선에 실패해
새로운 세상에서 눈을 뜨는데……

내공이 한 줌도 없다?

제로부터 시작하는 이세계 생활에 놀람도 잠시
처음으로 아버지라 느낀 존재가 살해당하고
그 뒤에 모종의 음모가 있음을 알게 되는데!

이세계에서도 궁신의 신화는 계속된다!
군필도 두 손 두 발 드는 FM 정신으로
안 되는 것도 되게 하라!

기어코
무대로

공원동 현대 판타지 장편소설